《山河挚爱：2020宁夏抗疫纪实》
丛书编写组

报告文学卷

撰　稿　　韩银梅　计　虹　曹海英　张　涛　杨　咏　陈莉莉

新闻纪实作品（卷一、卷二）

主　编　　周庆华

副主编　　赵海虹　马文锋　杨学农　张国礼　张九阳　张　强　连小芳

编　委　　刘建华　杨宗惠　马钦麟　张　靖　李　刚　吴少男　张慈丽

诗歌卷

主　编　　杨　梓　谢　瑞

日记书信卷

主　编　　漠　月　闫宏伟

艺术卷

主　编　　庚　君　吴建新　王雪峰　宋　琰　徐娟梅

封面题字　郑歌平

宁夏回族自治区应对新冠肺炎疫情工作指挥部办公室　主编

山河挚爱

2020宁夏抗疫纪实

新闻纪实作品（卷一）

周庆华　主编

黄河出版传媒集团
阳光出版社

图书在版编目（CIP）数据

山河挚爱：2020宁夏抗疫纪实. 新闻纪实作品. 卷一 / 宁夏回族自治区应对新冠肺炎疫情工作指挥部办公室主编；周庆华分册主编. -- 银川：阳光出版社, 2020.9

ISBN 978-7-5525-5507-3

Ⅰ. ①山… Ⅱ. ①宁… ②周… Ⅲ. ①新闻报道－作品集－中国－当代 Ⅳ. ①I217.1

中国版本图书馆CIP数据核字(2020)第181400号

山河挚爱：2020宁夏抗疫纪实·新闻纪实作品（卷一）

宁夏回族自治区应对新冠肺炎疫情工作指挥部办公室　主编
周庆华　主编

责任编辑　陈建琼　谢　瑞
封面设计　星秀文化传媒
责任印制　岳建宁

黄河出版传媒集团
阳光出版社　出版发行

出 版 人　薛文斌
地　　址　宁夏银川市北京东路139号出版大厦（750001）
网　　址　http://www.ygchbs.com
网上书店　http://shop129132959.taobao.com
电子信箱　yangguangchubanshe@163.com
邮购电话　0951-5047283
经　　销　全国新华书店
印刷装订　宁夏凤鸣彩印广告有限公司
印刷委托书号　（宁）0018409

开　　本　889 mm × 1194 mm　1/16
印　　张　15
字　　数　190千字
版　　次　2020年9月第1版
印　　次　2020年11月第1次印刷
书　　号　ISBN 978-7-5525-5507-3
定　　价　58.00元

目录

CONTENTS

第二部分 | 千里驰援

第三部分｜众志成城

后记

第一部分 | 运筹帷幄

陈润儿主持召开自治区党委常委会会议

认真贯彻落实习近平总书记的重要指示精神 做好新型冠状病毒感染的肺炎疫情防控工作

1月21日，自治区党委常委会召开会议，传达学习习近平总书记对新型冠状病毒感染的肺炎疫情防控工作的重要指示和李克强总理的批示精神，安排部署新型冠状病毒感染的肺炎疫情防控工作。自治区党委书记陈润儿主持会议并讲话。

会议要求，各级党委和政府及有关部门要认真学习贯彻习近平总书记的重要指示精神和李克强总理的批示精神，把人民生命安全和身体健康放在第一位，坚持依法依规、属地管理，完善机制、合理应对，依靠科学、实事求是，全力做好疫情防控工作。要加强疫情防控组织领导，成立专门领导班子，抽调专业力量，强化工作责任，切实加强组织协调、具体谋划和督导指导，为疫情防控提供有力保障。要尽快完善疫情应急预案，按照国家卫生健康委疫情防控要求，细化具体应对措施，组织专家认真讨论，进一步提高预案的科学性、针对性、操作性，确保预案周密有效，各市、县（区）要根据自治区应急预案完善相关措施，做到防控工作统筹联动、形成合力。要坚决落实各项防控措施，突出重点区域、重点人群，坚持输入性病源防控和内源性防控“两手抓”，严格落实属地管理责任制，严格落实首发地负责制、首诊负责制，组织各方力量开展防控，沉着果断应对疫情，做到早发现、早报告、早隔离、早治疗。要积极主动做好群众工作，及时回应社会关切，依法公开发布信息，正确引导舆论导向，加强有关政策措施解读工作，宣传普及疫情防护科学知识，坚决维护社会和谐稳定，确保人民群众度过一个安定祥和的新春佳节。

会议传达学习了全国组织部长会议、中央政法工作会议、全国党校（行政学院）校（院）长会议精神。会议指出，今年是全面建成小康社会和“十三五”规划收官之年，要坚持以习近平新时代中国特色社会主义思想为指导，围绕中心履职尽责，服务大局担当作为，推动党中央各项决策部署在宁夏落地落实。要突出强化政治功能，坚持党的组织路线服务党的政治路线，以政治建设为统领加强各级党组织建设，着力提升各级党员领导干部政治能力和素质；聚焦忠诚干净担当，坚持好干部标准，扎实做好干部选、育、管、用工作，努力建设一支高素质的干部队伍；健全完善制度体系，进一步健全党的全面领导制度、提高党的执政能力和领导水平制度，进一步提高组织工作科学化、规范化水平。要认真贯彻落实习近平总书记对政法工作的重要指示精神，坚持总体国家安全观，牢固树立底线思维，坚决清除风险隐患，维护国家政治安全；按照共建、共治、共享要求，加快社会治理创新，推进社会治理现代化，着力建设平安宁夏；深化政法机构改革、诉讼制度改革，加强政法服务体系建设，推动政法领域各项改革落到实处、见到实效。要坚持党校姓党，把握正确方向，突出教学重点，落实主体责任，推动新时代党校（行政学院）事业不断取得新进步。

会议还研究了其他事项。

（原载2020年1月22日《宁夏日报》1版　马晓芳　凌　雁）

陈润儿主持召开新型冠状病毒感染的肺炎疫情防控工作视频调度会

对疫情防控工作进行再部署再安排

1月24日除夕下午，自治区党委书记、人大常委会主任陈润儿主持召开视频调度会，对新型冠状病毒感染的肺炎疫情防控工作进行再部署再安排，强调思想上要更重视，措施上要更严格，方法上要更科学，确保全区人民群众过一个安定祥和的春节。

陈润儿指出，连日来，自治区党委和政府深入贯彻落实习近平总书记对新型冠状病毒感染的肺炎疫情的重要指示精神，对全区疫情防控工作进行了安排部署，各市县（区）高度重视，主要领导自觉坚守岗位，广大医护人员为疫情防控付出了辛劳、作出了努力，总体来看全区疫情可防可控。但从目前情况来看，新型冠状病毒感染的肺炎疫情存在初期特征不明显、感染潜伏时间长、发病治疗难度大等特点，尤其是现在正处于春节假期，人员流动较大，疫情易于扩散，我们在思想上一定要高度重视，决不可麻痹大意。

陈润儿指出，措施上一定要严格过硬，决不可应付了事，一定要科学、认真、过硬，做到“防、控、治”相结合。“防”要做到“五个凡是”：凡是进入宁夏境内的人员，在机场、车站、重要路口，都要按照提出的要求设立查验站，逐个进行检查，发现有体温升高、咳嗽或从武汉方向来的人员，都要进行留观，进入市县乡村、街道、社区的，都要逐一检查；凡是回乡过年的人员，都要逐个如实向乡村、街道、社区进行申报登记；凡是从武汉回来过年的人员，都要进行居家隔离，不得外出；凡是发现有不适症状的人员都要及时送诊，进行医学观察；凡是与疑似、确诊病人有接触的人员，必须依法履行义务，接受隔离医学观察。“控”要做到“三个全面”：对发现的疑似病例和与其有过直接接触的人员，要全面摸清底数，全面建立台账，全面进行隔离，控制传染源、切断传播途径。“治”要做到“四个实行”：实行定点治疗、专家治疗、科学治疗、免费治疗，确保所有病人得到及时有效的治疗。要在方法上做到“三防三控”，决不可单兵作战：尊重科学，实行严格预防与严格管控；发动群众，实行群防群控，各市县（区）、乡村、街道和社区负责人都要亲自出马，给群众讲清楚疫情的特征和后果，逐家逐户摸清返乡过年、外来探亲人员的情况，同时要引导群众减少春节期间的聚餐聚会、走亲访友的次数，停止大型文艺活动和组团旅游，决不能出现盲区和死角，做到全覆盖；形成合力，实行联防联控，各市县（区）、部门（单位）要积极配合，形成齐抓共管的工作格局。

陈润儿强调，工作不落实就是对老百姓不负责，习近平总书记和党中央对疫情十分牵挂，作出重要指示，还对疫情防控工作提出要求，这是考验我们担当不担当、群众感情真挚不真挚、看齐意识过硬不过硬的时候。各级党委和政府、各部门（单位）负责人一定要忠诚担当，切不可敷衍失责。各级党委和政府一定要想群众之所想、帮群众之所帮，自治区各部门（单位）、各市县（区）的一把手要做到“三不”和“三好”：不要外出休假，守好自己的门；不要擅离职守，尽好自己的责；不要敷衍失责，办好自己的事。各司其职，各守其位、各负其责，确保绝不发生二代病例、不发生医护人员感染病例、不发生死亡病例，为人民群众的生命健康负责，以实际行动践行忠诚担当。

自治区领导赵永清、杨培君、马秀珍和有关部门负责人在主会场参加会议，各市县（区）主要负责人及相关部门负责人在分会场参加会议。

（原载2020年1月25日《宁夏日报》1版　马晓芳）

陈润儿咸辉暗访督查新型冠状病毒感染的肺炎疫情防控工作

严格落实责任、规范程序　坚决做好疫情防控工作

1月25日，农历大年初一。自治区党委书记、人大常委会主任陈润儿，自治区党委副书记、自治区主席咸辉，到疾控中心、高速公路出口检查站、居民小区暗访督查新型冠状病毒感染的肺炎疫情防控工作。陈润儿强调，各地、各部门（单位）要认真贯彻落实习近平总书记关于疫情防控的重要指示精神，按照自治区党委和政府的部署要求，紧张起来、动员起来，严防严控、群防群控、联防联控，进一步压实责任，提升各项防控措施的精准性、有效度和覆盖面，坚决做好疫情防控各项工作。

陈润儿、咸辉来到自治区疾控中心，了解疫情防控情况。“目前物资保障怎么样？消耗量是多少？”“药品、防护品有没有出现抢购

情况？”陈润儿详细询问应急物资储备、检测检验力量配备等情况，要求对现有物资、设备、器材进行全面盘点，摸清“家底”，按需申报，确保供应。陈润儿叮嘱工作人员，当前疫情正处于蔓延阶段，要本着对人民群众极端负责的态度，在思想上高度重视、拧紧“螺丝”，对典型病例的检查和认定要严格按照程序进行，实事求是，决不漏掉一个疑似病例；对与确诊、疑似病例有过密切接触的人员，要进行严格的医学观察，全面检查、全程跟踪，做到早发现、早报告、早隔离、早治疗。“疫情发生以来，你们放弃了节假日休息，放弃了与家人团聚，我代表自治区党委和政府对你们的付出和家人的理解表示感谢。”陈润儿指出，习近平总书记对疫情防控十分牵挂和惦念，我们每一个岗位都要干好自己的事情，每一个地方都要担起自己的责任，万众一心，坚决打赢疫情防控阻击战。同时，要对医护人员在生活上多关爱、工作上多关心，让他们安心、安全地投入工作。

京藏高速公路银川东收费站是出入银川的重点站口。一大早，进入市区的车辆已经排起长队，值守的交警、公安、医护人员正在逐个为车辆消毒、为旅客检测体温。陈润儿、咸辉来到检查站，与工作人员交流，询问入境车辆情况，查看值班安排，了解责任落实情况。“检测不能流于形式，每一个人、每一辆车都要检测。”“对出现症状的要严格按程序送诊。”陈润儿强调，疫情防控在责任上要再明确，实行区域管理、落实属地责任，每一个部门、每一个区域、每一个卡口，谁负总责、谁来牵头、谁具体管，都要责任到人，确保无死角、无盲区；在程序上要再规范，检测发现症状后，谁来送诊、谁来接诊、谁来治疗，都要做到无缝对接，坚决有效遏制疫情蔓延。

来到金凤区清水湾社区国子城小区，车辆顺着敞开的大门驶入，没有工作人员前来询问登记，陈润儿、咸辉与值守人员交流。“疫情防控工作是怎么开展的？”“对出入人员是怎么登记的？”陈润儿询问。工作人员回答有人员登记册，但迟迟没有找到。陈润儿要求随行工作人员要加强对社区、乡村基层疫情防控工作任务落实的监督检查，对重视程度不够、工作措施不力的要公开通报。陈润儿强调，要加强基层疫情防控工作，对进入社区、农村的人员要做到底数清楚、来向清楚、状况清楚，健全完善申报、登记、跟踪制度，逐家逐户对返乡过年、外来探亲人员进行摸底排查，努力切断病毒传播途径。

自治区领导赵永清、杨培君、杨东参加暗访督查。

（原载2020年1月26日《宁夏日报》1版　马晓芳）

咸辉主持召开自治区政府常务会议

明确疫情防控“十条措施”

1月25日，大年初一，自治区主席咸辉主持召开自治区政府第52次常务会议，传达学习全国疫情防控会议、防控调度工作视频会议和自治区党委防控视频调度会议精神，专题研究部署新型冠状病毒感染的肺炎疫情防控工作，明确疫情防控“十条措施”。会议强调，要深入贯彻习近平总书记的重要指示和李克强总理的批示精神，按照自治区党委书记陈润儿讲话要求，采取更有针对性的举措，打好疫情防控阻击战。

会议指出，正值春节期间，人员流动、各类活动频繁，疫情蔓延，病例数大幅增加。要在前期工作成效的基础上，采取更有针对性的措施，最大限度守住我区不发生二代病例、不发生医护人员感染、不发生死亡病例的底线。

会议决定：一是全面完善防控机制。严格落实乙类管理甲类防控措施，强化疫情防控工作机制，成立自治区防控指挥部，从1月25日19时起启动重大突发公共卫生事件Ⅰ级响应。严格落实属地责任和联防联控责任，强化统筹协调，加大督导指导，加强人员配备，为疫情防控提供有力保障。

二是全面做好患者救治工作。对所有疑似患者和确诊患者，实行定点治疗。对重症患者，集中专家、集中资源、集中力量，尽最大努力救治。

三是全面保障医护人员安全。实行严密的医护人员安全防护措施，做好人员轮班值守、后勤服务保障等工作，切实保护好医务人员的身心健康。加强医疗废弃物全过程规范管理，严格落实防止院内感染等各项措施，坚决防止出现二次污染和交叉感染。

四是全面实行免费诊疗。对所有患者，包括在发热门诊或主动到发热门诊检查的人员，采取临时特殊医保政策，一律实行免费诊疗，决不能因为费用问题延误救治、拒收拒治，导致疫情扩散。对医疗单位诊疗发生的费用，由医保部门与医疗机构结算。

五是全面抓好排查工作。坚持全防全控、联防联控、群防群治，建立以村委会、居委会为主的防控工作组织体系，对进入宁夏境内的人员实行网格化、地毯式排查管理，特别是对疫情高发地区来宁人员，建立台账，一一检查，从严落实定时测量体温、居家医学观察、隔离诊断治疗等措施，不漏一人、不漏一户，不留死角和盲区。

六是全面切断疫情传播途径。暂时取消一切大型群众活动，暂时关闭所有旅游景点及歌舞娱乐、游戏游艺、影院、网吧等场所，暂停文化馆、图书馆、美术馆及寒假期间校外教学等服务，引导群众暂停聚餐聚会、走亲访友。各类会议尽量以视频会议的方式召开，各类学校禁止校外人员进入。在所有火车站、客运站、机场、重要路口设立留验站，逐个筛检旅客体温，逐车进行消毒和检验检疫，严防死守一切可能的传播渠道。

七是全面加强农贸市场管理。对农贸市场及其周边出入口实施24小时管控，严格落实清洁、消毒、通风措施，坚决禁止活禽销售，严厉打击非法贩运、售卖各类野生动物行为。

八是全面保障应急物资。扎实做好应急资源储备，备足备好药品、医疗器械、检测试剂等物资，为医疗救治和疫情防控提供有力可靠的物资保障。财政部门要为疫情防控提供资金保障。

九是全面稳定市场供应。加强公众防护用品、食品蔬菜等产品的储备调度，确保各种物资供应充分、市场平稳。密切监测口罩、消毒消杀用品等供销情况，对趁机制假售假、囤积居奇、哄抬物价、行骗牟利等行为，坚决从严从快查处。

十是全面加强宣传引导。及时公开发布疫情信息，认真做好政策解读，引导公众不信谣不传谣。多渠道宣传疫情防护知识，倡导群众勤洗手、勤消毒、常通风，出门自觉佩戴口罩，不随地吐痰等，提高公众自我保护意识和能力。

会议强调，疫情防控是当前的重中之重。要在思想上务必高度重视，深刻认识疫情防控工作的极端重要性，沉着冷静、坚定有力开展防控；措施上务必严防死守，紧盯“防、控、治”三个环节，坚决遏制疫情蔓延；组织上务必坚强有力，自治区政府各副主席要抓好分管领域相关防控工作，各地各部门主要负责同志都要坚守岗位，层层压实责任，密切协作配合，不折不扣把各项防控措施落实到位，保障好人民群众生命健康安全。

（原载2020年1月26日《宁夏日报》1版　周一青　王　溦）

陈润儿视频连线自治区第四人民医院，勉励参与救治的医护人员

守护好敬佑生命、救死扶伤的职业责任 确保人民群众的生命安全和身体健康

2月1日上午，自治区党委书记、自治区党委应对新型冠状病毒感染肺炎疫情工作领导小组组长陈润儿视频连线自治区第四人民医院，了解新型冠状病毒感染的肺炎医疗救治工作，向奋战在一线的医护人员表示慰问，向患者表示问候，强调要响应党中央的号召，牢记习近平总书记的嘱托，英勇顽强、再接再厉，严格规范、精准施治，守护好敬佑生命、救死扶伤的职业责任，确保人民群众的生命安全和身体健康。

新型冠状病毒感染的肺炎疫情发生以来，陈润儿十分关心奋战在一线的医护人员，非常牵挂新型冠状病毒感染的肺炎患者。自治区第四人民医院是全区新型冠状病毒感染的肺炎医疗救治的定点医

院，既担负着全区已确诊病例的救治工作，也担负着对各市县（区）医院医疗救治的指导会诊工作，目前该院已收治确诊病例26例。通过视频连线，陈润儿听取了自治区第四人民医院院长陆敬儒，自治区医疗救治诊疗专家组组长、宁夏医科大学医院总院副院长周玮，自治区第四人民医院呼吸三科主任医师马国仁对新型冠状病毒感染的肺炎的医疗救治情况和目前面临的困难的汇报。陆敬儒介绍："为了应对疫情，我们专门安排了160多个床位，并配备了专业力量和相应物资。第一批进入医院的医护人员有38名，第二批将安排55名，全区申请报名到第四医院的医护人员有1600多名。"周玮说："从目前患者情况来看，总体病情稳定、趋于好转。请书记放心，我们一定竭尽全力，做好救治工作。"马国仁介绍了患者病情、负压病房情况。

陈润儿通过视频连线向医护人员表示慰问："大家辛苦了！你们的精神令我们感动，你们的工作使我们放心。"他说，"新型冠状病毒感染的肺炎疫情阻击战打响以来，广大医护人员响应党中央的号召，牢记总书记的嘱托，舍生忘死、冲锋在前，勇挑重担、迎难而上，彰显了不畏艰难、无私奉献的敬业精神，守护着敬佑生命、救死扶伤的职业责任。我代表自治区党委和政府向大家表示衷心的感谢！当前疫情形势依然严峻复杂，感染患者不断增多，救治任务十分繁重，希望广大医护人员英勇顽强、再接再厉，坚持严格规范、精准施治，做好救治工作。也希望大家加强自我防护、保重身体，我们同舟共济、齐心协力，为打赢疫情防控阻击战、保障人民群众生命安全和身体健康作出更大的贡献。对大家提出的医用口罩、防护服、护目镜等物资紧缺问题，自治区党委和政府将采取非常措施，切实加以解决，全力保障救治需要。”

陈润儿向所有新型冠状病毒感染的肺炎患者表示问候，希望大家保持良好的心态，正确对待病毒感染，主动配合医生治疗，争取尽快康复出院。

自治区领导赵永清、马秀珍参加。

（原载2020年2月2日《宁夏日报》1版　马晓芳）

陈润儿咸辉为宁夏第四批援助湖北医疗队送行时强调

与湖北人民并肩战斗　做抗击病魔的英勇战士

2月15日，宁夏第四批援湖北医疗队从银川河东国际机场启程，奔赴湖北省武汉市疫情防控一线。自治区党委书记、自治区党委应对新冠肺炎疫情工作领导小组组长陈润儿，自治区主席、自治区党委应对新冠肺炎疫情工作领导小组第一副组长咸辉到机场送行。

当天17时30分，河东机场停机坪上，《我和我的祖国》歌声嘹亮，宁夏第四批援湖北医疗队全体队员列队集结，整装待发。咸辉向医疗队授旗。医疗队队长、自治区第三人民医院党委书记张海燕接过队旗，面向队员，庄严挥旗。医疗队队员们精神饱满、斗志昂扬。陈润儿满怀深情地说："你们坚决响应习近平总书记的号令，肩负医护人员的职责，带着宁夏人民的深情，即将奔赴抗击疫情一线，与湖北人民一道并肩战‘疫’，我代表自治区党委、政府和宁夏人民，为大家喝彩，为大家加油，为大家壮威！”

陈润儿说，这场突如其来的疫情对全国人民是一场大考，习近平总书记对疫情形势极为关注，对防控工作极为重视，亲自决策、亲自部署、亲自指挥，打响了疫情防控的人民战争。疫情就是命令，防控就是责任，我们宁夏人民响应习近平总书记号召，落实党中央的决策部署，积极行动，全力阻击，特别是广大医务工作者临危不惧、冲锋在前，彰显了敬佑生命、救死扶伤的责任担当，体现了大爱无疆、无私奉献的高尚品格，展示了无所畏惧、舍生忘死的牺牲精神，使许多患者得以康复，使疫情态势得到遏制。当前疫情防控到了最吃紧的关键阶段，特别是疫情严重地区受多种因素的制约，有很多患者等待大家去救治，有严峻考验等待大家去经受。国家卫生健康委下达指令后，全区广大医务工作者闻令而动，积极响应，踊跃报名，主动请战，在危难时期和关键时刻，大家表现出的不怕牺牲的精神、同舟共济的境界和不辱使命的担当，令我们感到骄傲和自豪，使我们备受鼓舞和激励。衷心希望大家在新的征程、新的战场、新的考验中，与湖北人民并肩战斗，做抗击病魔的英勇战士！祝愿大家工作顺利，期待大家早日凯旋。

平实的话语、殷切的嘱托，温暖着、激励着每一名队员。张海燕代表医疗队队员表态，一定服从安排、听从指挥，不辱使命、勇于担当，全力以赴投入到这场战斗中，发扬艰苦奋斗精神，克服各种困难，以饱满热情和精湛医术做好服务，解除患者病痛，用心用情用力完成任务，交出一份满意答卷，平安归来。

陈润儿、咸辉向医疗队队员挥手告别，目送大家登上舷梯，直到飞机起飞。

受自治区党委委派，自治区党委常委、宣传部部长李金科赴湖北，担任宁夏支援湖北疫情防控前线指挥部指挥长，负责与当地党委、政府协调配合，做好统筹指导、服务保障、沟通联络、对口支援工作。

这次出征的医疗队队员由自治区第三人民医院等7家医院共同派出，共103人。截至目前，宁夏共向湖北派出4批医疗队457名医护人员。

自治区领导赵永清、杨培君、马秀珍参加。

（原载2020年2月16日《宁夏日报》1版　马晓芳　凌　雁）

自治区召开持续抓好疫情防控和保持经济平稳运行视频会议，
陈润儿讲话，咸辉主持

坚决有力贯彻落实习近平总书记重要讲话精神 毫不放松抓好疫情防控 保持经济社会平稳发展

2月23日，自治区召开持续抓好疫情防控和保持经济平稳运行视频会议。自治区党委书记、自治区党委应对新冠肺炎疫情工作领导小组组长陈润儿出席会议并讲话，强调要坚决有力贯彻落实习近平总书记重要讲话精神，毫不放松抓好疫情防控、精准施策巩固扩大战果，保持经济社会平稳发展、努力实现全年目标任务。国务院应对疫情联防联控工作机制第29工作指导组组长衣梅出席。自治区主席、自治区党委应对新冠肺炎疫情工作领导小组第一副组长咸辉主持。自治区政协主席崔波出席。

陈润儿指出，习近平总书记在中央统筹推进新冠肺炎疫情防控和经济社会发展工作部署会议上的重要讲话，充分肯定了新冠肺炎疫情防控工作成效，明确提出了当前疫情防控重点工作，安排部署了统筹做好疫情防控和经济社会发展的工作任务。总书记的重要讲话，站位全局、统揽各方，思想深邃、鞭辟入里，彰显了顽强的意志，体现了强大的定力，贯穿了求实的精神，为我们做好疫情防控工作、抓好经济社会发展坚定了信心、鼓舞了斗志、注入了动力。我们一定要认真学习领会、坚决贯彻落实。

陈润儿指出，新冠肺炎疫情发生后，党中央高度重视，习近平总书记亲自指挥、亲自部署，提出坚定信心、同舟共济、科学防治、精准施策的总要求。经过全党全军全国各族人民团结奋战，目前疫情蔓延的势头得到遏制，积极向好的态势正在扩展。实践证明，党中央作出的一系列重大决策是正确的，采取的一系列重大措施是有效的。我们宁夏全区上下贯彻落实党中央部署，团结一致、共同努力，防控工作取得了初步战果，但也尚未到“鸣锣收兵”的时候。要毫不放松抓好疫情防控，精准施策巩固扩大战果，不获全胜决不轻言成功。要分区分级抓好疫情防控，实行差异化策略，不同区域采取不同措施；落实精准化措施，车辆查验由干道转到重点管好匝道、人员检测由“外门”转到重点管住“内门”、疫情管控由“大区”转到重点管严“小区”，同时由人力普查管理为主向大数据和网格化管理并重转变，由“层层检”“路路检”向“一网检”“一次检”转变；坚持有序化原则，科学有序、稳妥推进疫情防控和恢复生产。要不断扎紧织牢严密防线，抓好基层防控，抓好重点防控，抓好公共防控。要有力有效降低疫情影响，全面畅通交通运输，路网要切实保畅通，货运要优先保通行，客运要有序保恢复，打通“大动脉”，畅通“微循环”；有序加快企业复产，提供公共服务、生产防疫用品、关乎民生保障的企业马上复工复产，所有企业都要有序加快推进复工复产；逐步开放公共场所，低风险地区有序开放大型商场、文化广场等场所，同时严密防控，该查验的必须查验、该错峰的必须错峰、该分流的必须分流，不能敞开大门、随意进去。

陈润儿指出，要保持经济社会平稳发展，努力实现全年目标任务。要坚定不移贯彻新发展理念，深化供给侧结构性改革，打好三大攻坚战，全面做好“六稳”工作，发挥各方面积极性、主动性、创造性，把疫情影响降到最低，努力实现全年经济社会发展目标任务，实现决胜全面建成小康社会、决战脱贫攻坚目标任务，完成“十三五”规划。要稳定企业生产经营，落实防疫措施，组织要素供给，保障防护物品。要抓好农业生产备耕，落实结构调整计划，及早抓好农业备耕，抓紧翻耕整地播种。要推进重点项目建设，做好前期准备，强化要素保障，加强项目谋划，抓紧工程建设。要释放居民消费潜力，保证产品供给，培育消费热点，创新商业模式。要切实抓好脱贫攻坚，查补遗漏、查补短板、查补弱项，确保高质量完成脱贫攻坚目标任务。要促进扩大社会就业，抓好进城农民工、高校毕业生、服务从业者就业。要认真落实扶持政策，为经济平稳增长提供有力政策保障。

陈润儿强调，要加强党的集中统一领导，狠抓工作任务统筹落实。疫情防控进入关键阶段，任务更艰巨，要求更严格，责任更重大。各级领导干部要把统筹做好疫情防控工作和经济社会发展，作为一场必须打赢的大战，作为一次必须直面的大考，作为一盘必须下好的大棋，做到心中有数、手中有招、有条不紊、从容有序，亲临一线、靠前指挥，立足一线、破解难题，深入一线、狠抓落实，做到守土有责、守土担责、守土尽责，向总书记、向党中央、向老百姓交出合格答卷。

咸辉在主持会议时指出，各地各部门要切实把思想和行动统一到习近平总书记的重要讲话精神上来，统一到中央统筹推进新冠肺炎疫情防控和经济社会发展工作部署会议的安排部署上来，按照陈润儿同志的讲话要求，自觉落实主体责任，统筹做好各项工作，努力把疫情影响降到最低，实现疫情防控和经济社会发展“两不误、两促进”。要持续深入落实疫情防控要求，扎实做好分区分级防控，聚焦社区、校区、园区、厂区等重点地区，紧盯“三返”、商务等重点人群，织牢防线、阻断疫情。要精准高效落实经济发展任务，聚焦全面建成小康社会，统筹好企业生产经营、农业春耕备耕、重点项目建设、推进脱贫攻坚、稳定社会就业、释放消费潜力等，努力实现今年经济社会发展目标任务。

自治区党委常委、自治区副主席张超超通报了全区疫情防控情况，就企业复工复产、畅通交通运输等工作进行了安排。自治区党委、人大、政府、政协领导班子成员，法检“两长”在主会场参加会议。各市县各部门（单位）负责同志在各分会场参加。

（原载2020年2月24日《宁夏日报》1版　马晓芳　凌　雁）

咸辉主持召开自治区政府常务会议

出台应对疫情保就业惠企业稳农业针对性措施

2月28日，自治区主席咸辉主持召开自治区政府第57次常务会议，决定自2020年2月28日18时起，将自治区疫情防控应急响应级别由突发公共卫生事件Ⅰ级应急响应调整为省级Ⅱ级应急响应；顶格执行国家相关政策，出台疫情期间稳定和促进就业、农产品稳产保供等临时性措施，阶段性减免企业社会保险费，帮助企业纾困解难，缓解疫情影响。

会议指出，做好新冠肺炎疫情期间稳定和促进就业工作，有利于推动企业复工复产、保障改善民生、稳定社会预期。会议决定，一是支持企业发展，为承租创业实体减免租金的各级创业孵化示范基地（园区）给予最长3个月运营补贴，不高于减免租金总额的50%，每个园区最高补贴不超过30万元。二是促进农民工返乡创业，因疫情防控在家滞留农民工首次创办中小微企业或从事个体经营，且正常营业3个月以上的，给予一次性创业补贴3000元，对在原9个贫困县（区）创业的，补助上浮30%，自工商注册日起，连续正常经营一年以上的，给予1万元补助。三是做好农村劳动力转移就业，全面落实社保补贴、岗位补贴、培训补贴、交通补贴等就业惠民政策，促进就地就近转移就业。四是帮助务工人员复工到岗，集中统一安排点对点有序输送，所产生的交通费用从各地就业补助资金中列支。

会议确定了疫情防控期间阶段性减免企业基本养老、失业和工伤保险费的支持措施。一是自2020年2月起，免征中小微企业三项社会保险单位缴费部分，免征期为5个月。二是个体工商户按单位参加三项社会保险的，参照中小微企业享受减免。三是大型企业等其他参保单位可减半征收，减征期为3个月。四是受疫情影响生产经营出现严重困难的企业，可向税务部门申请缓缴社会保险费，缓缴期限累计不超过6个月，其间免收滞纳金。据测算，全区参保单位将少缴社会保险费30.66亿元。

会议指出，要把做好疫情防控期间农产品稳产保供作为一项重要政治任务，严格落实属地责任，全面落实政策，强化协调配合。会议决定，一是自即日起至2020年12月底，宁夏农业信贷担保有限责任公司开展的政策性信贷担保业务免收担保费用。二是自治区财政拨付农业生产救灾资金5000万元，支持各地做好农作物重大病虫害和动物疫病防控工作。三是3月底前兑付8.3亿元的耕地地力保护补贴资金，同时落实好1.63亿元的农机购置补贴资金，进一步调动农民种粮积极性。四是结合我区产业结构和特点，做好农业保险增品、扩面、提标工作，增强抵御自然灾害的能力。五是加大疫情防控重点地区资金支持，完善农产品冷藏保鲜设施建设，抓好“菜篮子”产品生产供应。

会议要求，各地各部门要严格落实自治区政府部署要求，把各项措施执行落实到位，把各项资金拨付使用到位，不打折扣、不搞变通，最大限度发挥政策叠加效应，努力把疫情影响降到最低，保持全区经济平稳运行和社会和谐稳定。

会议还研究了《关于推动制造业高质量发展的实施方案》等。

（原载2020年2月29日《宁夏日报》1版　周一青　王　溦）

咸辉主持召开自治区政府第58次常务会议

出台应对疫情影响稳增长“21条财政措施”

3月4日，自治区主席咸辉主持召开自治区政府第58次常务会议，出台应对疫情影响稳增长“21条财政措施”，听取支援湖北新冠肺炎疫情医疗救治工作情况，安排部署精简审批优化服务精准稳妥推进企业复工复产。

会议指出，出台积极应对新冠肺炎疫情影响促进经济平稳运行的若干财政政策，对于有效发挥财政资金支持保障作用，最大限度减少疫情对经济社会发展的影响，具有重要意义。会议决定，从六个方面支持经济健康发展。一是支持发展高效种养业，统筹资金用于以奖代补、贷款贴息补助等，并全部纳入自治区农业补贴范围；对新型农业经营主体，免担保抵押、免担保费用，新发放实际贷款按一年期贷款利率的60%补贴。二是支持企业复工复产，设立“复工复产企业疫情防控综合保险”，自治区财政按保额给予3%的保费补贴；对一季度实现增长的龙头企业，按贡献最高补贴100万元；对3月31日前开工的自治区重点建设项目，按当年投资规模一次性奖励30万元至100万元。三是保障市场供应，疫情防控期间，对承担蔬菜调运任务的重点经销商户，补贴一定运费并减免50%的市场管理费；对年纳税额50万元以下的服务业小微企业，给予一定补贴。四是落实税收减免、行政事业性收费减免、社会保险费减免三项政策，切实减轻纳税人负担。五是综合运用“财政+金融”手段，缓解企业融资困难，对受疫情影响较大的中小微企业年内新获贷款，自治区财政按贷款利率给予一定比例贴息，单户上限50万元；提高“宁科贷”风险补偿资金贷款额度，最高不超过1000万元。六是加大就业补贴力度，对区内吸纳初次就业、新增重点群体就业6个月以上并签订劳动合同、缴纳社会保险的，给予组织劳动力就业的服务机构每人300元的就业创业补贴，给予用人单位不超过一年的一次性社会保险补贴。

会议强调，疫情发生以来，我区坚决服从中央统一指挥、统一协调、统一调度，先后派出6批785名医疗队队员支援湖北，累计治愈患者近千例，为当地医疗救治作出了重要贡献。要给予更多的关心关爱，严格执行薪酬待遇、工伤认定、职称评聘、考核评比等相关政策，合理安排休整轮替，强化防护物资保障，让支援湖北的医护人员心无旁骛地投入疫情防控工作，为打好湖北保卫战、武汉保卫战再立新功。

会议指出，在确保疫情防控到位的前提下，精准稳妥推进复工复产，是保持经济社会平稳有序发展的关键所在。要全面落实国务院《关于进一步精简审批优化服务精准稳妥推进企业复工复产的通知》，尽快公布全区统一的复工复产条件，明确必要的审批和证明事项，最大限度精简审批条件，切实提高复工复产率；充分利用“我的宁夏”App等政务服务平台，大力推进政务服务网上办理与企业复工复产、群众生活密切相关的政务服务事项，推动企业精准稳妥复工复产、持续稳定经营。

（原载2020年3月6日《宁夏日报》1版　周一青　王　溦）

陈润儿主持召开自治区党委应对新冠肺炎疫情工作领导小组第7次会议

建立同疫情防控相适应的经济社会运行秩序 确保实现全年经济社会发展的各项目标任务

3月14日，自治区党委应对新冠肺炎疫情工作领导小组召开第7次会议，传达国务院应对疫情联防联控机制《关于做好防范境外疫情输入的指导意见》，听取全区恢复商业经营秩序、恢复交通秩序和防范境外疫情输入工作情况汇报。自治区党委书记、自治区党委应对新冠肺炎疫情工作领导小组组长陈润儿主持会议并讲话，强调要坚决贯彻落实习近平总书记重要讲话精神，毫不放松抓好疫情防控，加快建立同疫情防控相适应的经济社会运行秩序，确保实现全年经济社会发展的各项目标任务。自治区主席、自治区党委应对新冠肺炎疫情工作领导小组第一副组长咸辉出席会议并讲话。自治区政协主席崔波出席会议。

会议指出，要把思想统一到总书记重要讲话精神上来。新冠肺炎疫情发生以来，习近平总书记亲自指挥、亲自部署，全国疫情防控形势积极向好的态势正在扩展。现在，疫情的走势、防护的条件、治理的能力都发生了变化，习近平总书记明确强调，要加快建立同疫情防控相适应的经济社会运行秩序，这是基于疫情防控形势的重大判断，是着眼降低疫情影响的重大策略，是决胜全面建成小康社会的重大举措，为我们统筹推进疫情防控和经济社会发展指明了方向、提供了遵循。我们要充分认识加快建立同疫情防控相适应的经济社会运行秩序的紧迫性、重要性，坚持疫情防控要求不降低，加快建立同疫情防控相适应的经济社会运行秩序，确保实现全年经济社会发展目标任务。

会议指出，要尽快解决经济社会运行当中的突出问题。要撤除区内道路检疫卡点，建立同疫情防控相适应的交通运输秩序。按照区内开放、省界管控原则，全面撤销市域和县域查验站点，保持道路畅通无阻。机场和车站按照既定政策严格查验，确保防控措施到位。要有序加快恢复商业经营，建立同疫情防控相适应的商业活动秩序，坚持分类分项、错峰分流、严格管理，该放开的全面放开，该恢复的逐步恢复，该管控的严格管控，既要符合疫情防控需要，也要有利于保障群众正常生活和企业正常生产。要有力保障企业生产经营，建立同疫情防控相适应的企业生产秩序，解决好企业用工、物流、原料、市场等方面的突出问题，推动链式复工，实现供需联通，创新发展路径，确保上下游产销对接、前后项协同配合、一二三整体联动。要改善项目建设服务保障，建立同疫情防控相适应的工程建设秩序，构建“全链条”政策，提供“全时空”服务，强化“全方位”责任，下大力气解决工程项目建设中的劳务人员组织、建设用地审批、项目资金短缺问题，努力把疫情造成的损失补回来。要全面恢复医院正常医疗，建立同疫情防控相适应的社会医疗秩序，加强医护力量和医疗资源统筹，兼顾各类患者日常就医需求，让群众有处看病、有医看病、安全看病。要分步实行错峰返校复课，建立同疫情防控相适应的校园教学秩序，加强校园疫情防控，做好师生自我防护，科学合理安排时间，推动大中小学校和幼儿园错峰返校复课。

会议强调，要毫不放松抓好疫情防控各项要求的落实。要防止思想松懈，始终绷紧疫情防控这根弦，继续坚持“外防输入、内防扩散”，保持定力沉住气，严格落实疫情防控各项要求，决不能功亏一篑，决不能刀枪入库、马放南山。要把握防控重点，把防控重点放在境外疫情输入上。工作专班不撤、工作制度不变、工作要求不改，注重源头管控，压实属地责任，严格途中管理，突出抓好口岸防控和小区排查。对来自疫情严重国家的、来自一般国家有不适症状的、有疫情严重国家旅居史的、与确诊病例或疑似病例有密切接触的这“四种人”，必须实行集中隔离医学观察；对来自一般国家没有不适症状的，由社区监督实行居家隔离医学观察。要坚持精准施策，按照差异化、精准化、有序化的防控要求，强化健康码的管理、运用，加快办、大力推、尽快用、广泛认。要严格压实责任，进一步压实社区、园区、校区、厂区“四区”的防控责任，筑牢疫情防控防线，坚决防止疫情反弹。

（原载2020年3月15日《宁夏日报》1版　马晓芳　凌　雁）

宁夏第一、第三批援湖北医疗队凯旋

陈润儿、咸辉到银川河东国际机场迎接

三月春好，杨柳吐绿，战士荣归。3月20日下午，宁夏第一批、第三批援湖北医疗队圆满完成任务返回家乡。自治区党委书记、人大常委会主任陈润儿，自治区党委副书记、自治区主席咸辉到银川河东国际机场迎接。代表自治区党委、政府和全区人民欢迎白衣战士、抗疫英雄凯旋。

银川河东国际机场停机坪上，“热烈欢迎宁夏援湖北医疗队凯旋”“大医精诚、出彩青春”等标语格外醒目，欢迎队伍手持彩旗，翘首以待。陈润儿、咸辉早早来到队伍中间迎候。2月14日，陈润儿与宁夏援湖北省襄阳市、武汉市医疗队电话连线时，与大家深情约定：“我和宁夏人民一起为你们鼓劲加油，我和家乡人民一起等你们胜利

归来。”2月15日，陈润儿、咸辉在送别宁夏第四批援湖北医疗队时，勉励大家：“与湖北人民并肩战斗，做抗击病魔的英勇战士！”在一批批白衣战士征战武汉、襄阳的日日夜夜，陈润儿、咸辉时刻牵挂、时刻惦念，全力保障防护物资和生活用品，及时送去家乡的温暖和亲人的问候，千叮咛万嘱咐要确保医护人员的安全。

3月20日16时许，载着216名白衣战士的两架飞机先后降落。消防车在飞机两侧喷射巨大水柱，形成一道壮观的“水门”，以民航最高礼仪欢迎白衣战士凯旋。飞机从“水门”中缓缓滑过、慢慢停稳。舱门打开，鲜艳的队旗首先出现在眼前，迎风招展。在队旗的引领下，医疗队队员带着胜利的笑容走出舱门、走下舷梯，工作人员为他们送上鲜花。陈润儿、咸辉向大家挥手致意，热情欢迎英雄平安归来。

新冠肺炎疫情发生后，自治区党委和政府坚决贯彻落实习近平总书记重要指示精神和党中央决策部署，先后派出6支医疗队785人对口支援湖北省武汉市和襄阳市。面对疫情，医疗队白衣执甲、逆行出征，同时间赛跑、与病魔较量，以精湛的医术挽救了一个个鲜活的生命，以辛勤付出彰显了敬佑生命的职业操守，以实际行动诠释了宁夏的责任担当和全区人民的深情厚谊，以无私奉献赢得了武汉人民和襄阳人民的广泛赞誉。截至3月17日，6支医疗队累计接诊患者3589人次，管理住院患者2744人，护理患者2407人，治愈出院1175人。

欢迎仪式结束后，医疗队队员乘车前往集中休整点，警车为他们一路护航。陈润儿、咸辉再次挥手致意，目送大家离去。

自治区领导赵永清、李金科、杨培君、马秀珍到机场迎接。

（原载2020年3月21日《宁夏日报》1版　马晓芳　凌　雁）

全区重大项目建设工作会议召开，陈润儿讲话，咸辉主持

把项目建设扛在肩上、谋在关键、抓在手中、落在实处为实现全年目标任务，决胜全面小康提供有力支撑

4月9日，全区重大项目建设工作会议在银川召开。自治区党委书记、人大常委会主任陈润儿出席会议并讲话，强调要认真贯彻落实党中央重大决策部署，坚持在常态化疫情防控中加快推动经济社会发展，坚定信心、抢抓机遇，把项目建设扛在肩上、谋在关键、抓在手中、落在实处，为实现全年目标任务、决胜全面建成小康社会提供有力支撑。自治区党委副书记、自治区主席咸辉主持并讲话，自治区政协主席崔波出席会议。

陈润儿指出，要把项目建设扛在肩上、毫不松懈。今年是特殊之年、关键之年，应对新冠肺炎疫情影响，确保实现今年目标任务，决胜全面建成小康社会，面临的任务非常艰巨，面对的挑战非常严峻。

项目建设是扩大国内需求、促进经济稳定增长的主要抓手，是调整优化结构、促进产业转型升级的重要载体，是补短板强弱项、促进区域协调发展的客观要求，是增强发展后劲、促进整体实力提升的有效途径。全区上下必须把重大项目建设作为“强引擎”和“硬支撑”，毫不放松抓紧抓牢，以项目为载体推动经济社会发展。

陈润儿指出，要把项目建设谋在关键、务求实效。要把握投资方向，坚持“上接天线、下接地气、两头连需求”，遵循政策导向抓投资，聚焦补齐短板抓投资，顺应市场需求抓投资，立足各地实际抓投资。要紧盯投资重点，着眼国家和区域发展全局，统筹经济和社会各个领域，突出抓好重点产业发展项目、重点基础设施项目、重点市政工程项目。要激活投资主体，尊重市场规律，发挥市场作用，扩大民间投资，用好外来投资，放大政府投资。要优化投资环境，坚持硬环境和软环境一起打造、同步优化，构建效率高、成本低、服务好的一流投资环境。

陈润儿指出，要把项目建设抓在手中、破解难题。要解决好项目谋划的问题，把项目建设与完善基础设施、改善公共服务、生态环境治理、提升城市功能、产业转型发展结合起来，分类汇总、分级管理、分步实施，做到中央有政策能对得上、部委有支持能靠得紧、企业有意向能接得住。要解决好资金来源的问题，在招商引资、市场融资、股权投资上下工夫，拓宽融资渠道，吸引更多社会资本参与项目建设。要解决好工程实施的问题，把好工程项目设计关、招标关、质量关、进度关，促进项目早落地、早开工、早投产、早见效。要解决好服务保障的问题，明确合同履约率、资金到位率、项目开工率、落地形象进度和实物量等考核指标，保障用地供给，抓好征地拆迁，加强工地服务，确保项目有序推进建设、加快达产达效。

陈润儿强调，要把项目建设落在实处、尽快见效。要强化机遇意识，树立“争”的意识、增强“抓”的韧劲、创新“用”的方法，抢抓政策机遇、市场机遇、环境机遇，争取谋划实施一批大项目、好项目。要强化责任落实，压实领导责任、部门责任、市县责任，以严格的责任落实倒逼项目落实。要强化实干作风，拿出“一天当作五天干”的狠劲、“撸起袖子加油干”的拼劲、“一任接着一任干”的韧劲，苦干实干、只争朝夕、不负韶华，把过去多年想干而没有干成的事情干成，把过去多年想办而来不及办的事情办好。要强化督查考核，加大督查工作力度、考核奖惩力度，发挥考核“指挥棒”作用，促进形成大抓项目的导向、抓大项目的氛围。

咸辉在讲话时说，各地各部门要学习领会好、贯彻落实好会议精神，在严格做好疫情防控的前提下，全力抓好项目建设，全面恢复经济秩序。要以强烈的忧患意识抓项目，增强项目建设的紧迫感，列出“时间表”，按下“快进键”，促进经济运行平稳健康；要以务实的工作举措抓项目，健全完善重大项目协调推进机制，加强项目调度，加快项目进度，扩大精准有效投资；要以高度的责任担当抓项目，压实各级各方责任，落实各项惠企政策，为重大项目建设扫除障碍、创造条件；要以过硬的工作作风抓项目，一级带着一级干，形成比学赶超推进项目建设的工作格局，为实现全年经济社会发展目标任务提供重要支撑和有力保障。

自治区在职省级领导同志出席会议。会上通报了全区重大项目建设进展情况，自治区发展改革委、交通运输厅、银川市等6家单位作了表态发言。

（原载2020年4月10日《宁夏日报》1版　马晓芳　凌　雁）

陈润儿主持召开自治区党委常委会扩大会议

坚决贯彻落实习近平总书记重要讲话精神
坚定发展信心、紧扣目标任务、稳住经济运行

4月29日，自治区党委常委会召开扩大会议，传达学习习近平总书记在中央政治局会议上的重要讲话精神，听取一季度全区经济运行情况汇报，研究部署当前经济工作。自治区党委书记陈润儿主持会议并讲话，强调要坚决贯彻落实习近平总书记重要讲话精神，扎实做好“六稳”工作，全面落实“六保”任务，坚定发展信心不动摇，紧扣目标任务抓统筹，稳住经济运行保底线，推动经济社会持续健康发展。

会议指出，习近平总书记的重要讲话，分析了国内外疫情防控和当前经济形势，部署抓紧抓实抓细常态化疫情防控和经济社会发展工作，充分体现了总书记宏大的世界视野、深远的战略考量、牢

固的底线思维和非凡的政治定力。我们要认真学习领会，把握核心要义，坚决贯彻落实，切实把思想和行动统一到习近平总书记重要讲话精神上来，统一到党中央重大决策部署上来。

会议指出，今年一季度，全区上下全面贯彻落实党中央各项决策部署，统筹抓好疫情防控和经济社会发展，经济运行好于预期。当前我国经济发展面临的挑战前所未有，要充分估量和把握复杂形势，坚持用全面、辩证、长远的眼光，看到疫情带来的冲击影响不可低估，经济增长的势头正在加速回升，经济向好的发展预期没有改变，保持坚定信心不动摇、发展劲头不松懈、工作力度不降低。要紧扣目标任务抓统筹，围绕全面建成小康社会目标任务，既要抓好疫情防控，也要抓好经济社会发展。要坚持两手齐抓防反弹，时刻绷紧疫情防控这根弦，抓紧抓实抓细外防输入、内防反弹各项工作，有序推进校园教学秩序恢复，不断巩固疫情持续向好形势。要稳住经济运行保底线，扎实做好“六稳”工作，全面落实“六保”任务，抓好重点群体就业，抓好基本公共服务，加大对实体经济的支持力度，落实好稳定市场主体的政策措施，稳住经济运行基本面。要注重化危为机促发展，善于抢抓机遇，加快经济结构调整，促进产业转型升级，加快基础设施建设，推进生态环境建设，推动经济社会持续健康发展。

会议传达学习了赵乐际同志在七省区纪委书记座谈会上的讲话精神，对贯彻落实工作提出要求。会议指出，要持续强化政治监督，推动党中央重大决策部署在宁夏落地生根。要全力保障脱贫攻坚，主动跟进监督，深化专项治理，督促问题整改，为决战决胜脱贫攻坚提供纪律保障。要深入推进作风建设，加强源头治理和制度建设，着力解决形式主义、官僚主义问题，切实为基层松绑减负。

会议研究了《关于完善基层治理体系、提高基层治理能力的若干意见》。会议强调，完善基层治理体系、提高基层治理能力是完善国家治理体系、提高国家治理能力的重要内容，是实施全面依法治区、促进社会和谐稳定的实践要求，是改善基本公共服务、提高社会保障水平的有效途径。要围绕加强乡村、社区、宗教、校园、企业、社团治理，坚持“基层”这个立足点，解决“共治”这个薄弱点，把握“落实”这个关键点，以加强基层党的建设为引领，以提高治理能力建设为重点，以强化治理队伍建设为关键，全面提升基层治理体系和治理能力的现代化水平。

会议还研究了其他事项。

（原载2020年4月30日《宁夏日报》1版　马晓芳　凌　雁）

第二部分 | 千里驰援

守望相助，汇聚共同战“疫”的磅礴力量

——宁夏支援湖北抗击疫情纪实

向湖北进发！

向武汉进发！

向襄阳进发！

向祖国需要的地方进发！

新冠肺炎疫情发生以来，宁夏积极响应国家号召，第一时间组建医疗队千里驰援荆楚大地，吹响了向主战场冲锋的号角。454名白衣战士义无反顾、冲锋陷阵，与时间赛跑、与病魔抗争，与湖北人民同呼吸、共命运，合力筑起一道坚固的防疫战线。

集结：若有战，召必来，战必胜！

谁也没想到，2020年竟然会以这样的方式到来。

疫情蔓延，湖北告急！

岂曰无衣，与子同袍！

党中央支援湖北的号召一发出，宁夏迅速响应，坚持全国“一盘棋”，按照中央的统一指挥、统一协调、统一调度，全力以赴支持湖北的疫情防控工作。

1月27日下午，自治区党委和政府作出部署，从包括宁夏医科大学总医院、自治区人民医院等三甲医院在内的医疗机构中选派精锐之师驰援湖北。

“我是党员，随时听候组织召唤！”

“我是单身，没有牵挂，请战驰援湖北疫情一线！”

“我孩子上大学了，没任何负担，让我去吧！”

“我有十来年的重症护理经验，这个时候，我得去！”

《请愿书》像雪片一样飞来，不到一个小时，全区各级医疗机构报名驰援湖北的医护人员达2000人。

按照自治区党委和政府的有关要求，自治区从14家医疗机构主动请缨的医护人员中，共选出重症医学、呼吸、中医、护理等专业骨干454人，组建成4批医疗队，分赴湖北。

“我们全体队员一定坚决执行命令、攻坚克难，接受考验、不论生死，以科学的理念、坚强的毅力、必胜的信心投入战斗，以高度责任感守护群众，和全国人民一道夺取这次疫情防控阻击战的全面胜利！”1月28日中午，首批137名白衣战士在银川河东机场庄严宣誓，毅然踏上征途。

几天后，在宁夏医疗物资并不宽裕、医护力量并不充足的情况下，第二批、第三批、第四批援湖北医疗队相继出发，一队队白衣战士前赴后继，满载大爱奔赴湖北抗疫一线。

“你们带着宁夏人民的深情，奔赴抗击疫情一线，与湖北人民一道并肩战‘疫’，我代表自治区党委、政府和宁夏人民，为大家喝彩，为大家加油，为大家壮威！”出征前，自治区党委书记陈润儿满怀深情地说，衷心希望大家在新的征程、新的战场、新的考验中，与湖北人民并肩战斗，做抗击病魔的英勇战士！

自治区主席咸辉在送行时说，大家要坚定信心出征，有习近平总书记把舵定向，有党中央、国务院坚强领导，有全国人民支援支持，我们与湖北人民携手同行，与襄阳人民并肩战斗，一定能够夺取疫情防控的全面胜利！

增援：把最好的爱都给你

“防护物资紧缺！”“生活物资告急！”随着疫情蔓延，在湖北抗疫前线，各种困难随之而来。

“我要捐赠口罩给湖北，该怎么联系他们？”“我能够采购到一些防护设备，怎么寄到武汉？”宁夏同胞们纷纷挺身而出，通过各种渠道向湖北献爱心。

2月9日，自治区党委和政府紧急部署，全区五市迅速采购本地产的番茄、辣椒、黄瓜、茄子、芹菜、韭菜等蔬菜增援湖北。得知这个消息后，固原市某爱心企业积极捐赠150吨马铃薯。2月11日下午，满载着宁夏五市捐助的400吨蔬菜、150吨大米的20辆卡车，星夜兼程，安全抵达湖北省黄冈市。

“我们连夜从宁夏赶来，蔬菜还新鲜着呢，采摘、运输时间不超过30个小时。”货车开到了目的地，负责拉运物资的宁夏小伙擦着汗水说。

“感谢宁夏人民，在我们最困难的时候送来了爱心蔬菜。”湖北省红安县一位工作人员说着，声音哽咽了。

这一刻，宁夏人民的心和湖北人民的心紧紧连在了一起。宁鄂同胞勠力同心，共渡难关！

奔赴：使命面前敢于担当

参加援湖北医疗救援工作的队员中，有很多人没来得及告诉家人，就奔赴战场。

“知道您肯定不会同意，所以，我下飞机才敢告诉您。”银川市第一人民医院护师高娜在写给妈妈的信里充满了愧疚。

宁夏儿童医院的“90后”护士魏皎皎、秦荣荣都刚结婚不久，面对爱人的担忧，她们软磨硬泡：“我答应你，我一定会保护好自己！”“相信最爱我的你，一定会支持我！”

为了便于参加前线援助工作，宁夏医科大学总医院心内科护士樊钟艳主动剃掉了一头秀发。临行前，她抱了抱11岁的儿子，说：“去前线是妈妈的责任。有很多阿姨去了也要剪头发，妈妈就自己先把头发理了。这样很方便，也很帅，不是吗？”

在疫情面前，她们勇敢冲锋，牺牲小家为大家，用血肉之躯为更多家庭的平安健康筑起一道道坚固防线。

按照党中央总体部署，宁夏作为全国支援湖北新冠肺炎疫情防控和医疗救治的19个省区之一，在支援湖北省武汉市的同时，对口支援襄阳市应对新冠肺炎疫情医疗救治工作。目前，宁夏第一批援湖北医疗队的137名医护人员分成12个小组，支援襄阳市12家医疗机构；第二批医疗队138名医护人员集体支援武汉市方舱医院；第三批医疗队79名医护人员分4组支援襄阳市4家医疗卫生机构；第四批医疗队100名医护人员支援武汉市方舱医院。

在襄阳市，宁夏医疗队队员们把这里当作自己的家，主动抢活儿干，每天除基础治疗外，还要给病人发放早中晚三餐、生活用品，监督病人服药、负责楼道病室消毒等，工作烦琐、辛苦。为了节省有限的防护用品，减少上厕所造成的浪费，他们有时候一天不喝一口水。穿着不透气的防护服，任身上的汗水一次次浸透衣衫，手套内的双手变得粗糙干裂；由于护目镜和口罩太紧，鼻子和脸上都是勒出的血痕，甚至有个别同事的鼻子磨出了压疮。

在武汉方舱医院，宁夏医疗救援队的医护人员分4个班次倒班，但每人实际上班时间都超过了8个小时。“为了保证在隔离病区高效工作，队员们通常10个小时不吃不喝。所有队员都穿着纸尿裤工作，避免上厕所浪费防护装备。”队长黄河说。

“有人形容我们是英雄、是勇士，但我们只是有幸亲临抗击疫情一线，用自己所学的知识帮助他们，这是我们的使命和肩负的责任。”

感动：叫一声兄弟，情深意长！

自从宁夏医疗队踏上荆楚大地的那一刻起，宁夏人民的心和湖北人民的心就紧紧连在了一起。

在网上，关于宁夏医疗救援队抵达襄阳的新闻视频，阅读量达到了“10万+”。襄阳群众纷纷留言：

“神奇的缘分！当年我支援了宁夏医改项目，现在你们来支援我的家乡！”

“大恩不言谢！襄阳人民记住了宁夏同胞的这份盛情！他日若有需要，襄阳人民也必定会赴汤蹈火，回报千里支援之恩！”

在襄阳和武汉开展医疗救援工作的日子里，队员们经常听到当地群众说：“你一定是宁夏医疗队的！谢谢你们！”“感谢你们！你们是襄州大地的最美‘逆行者’！”

一位年长的患者对宁夏医疗队队员王爱芳说：“你就像我的女儿一样，我要把你拍下来。以后我要是想念这个远在宁夏的女儿，就翻出来看看！”

宜城人民医院的医护人员对宁夏医疗队队员们说：“我看不清你们的容颜，但宜城人民永远也不会忘记宁夏援湖北医疗队的深情厚谊，永远记得你们的支持和援助，永远记得和我们一起并肩作战的战友们！”

坚守：疫情不退决不收兵

从1月28日集结驰援湖北至今，宁夏第一批援湖北医疗队的137位队员，已在襄阳市各级医疗战线奋战了19个日夜。

2月14日23时，考虑到队员们体力不支、战斗力有可能减弱，队长郝晓明在微信工作群里发了一条信息："如果我们这批医疗队的救援任务期满，有谁愿意留下来与我继续并肩战斗？"

一时间，郝晓明的手机快要"爆"了。

"我愿意继续战斗，坚持到底！"队员朱丽娟说。

"经过认真考虑，我愿意留下来继续参加工作。"队员刘华、任玉杰说。

"作为一名共产党员，我义不容辞，必须留下。"队员刘倩说。

"我现在身体非常好，我愿意留下继续战斗！"队员苏建军说。

"张文娜愿意留下，继续援襄，请组织批准！"队员张文娜说。

第二天，137名队员集体递交了《请愿书》："这场没有硝烟的战斗还没有结束，请求组织批准我们继续留在襄阳，只要疫情一天不退，我们不回，我们将与湖北共进退！"

青山一道同云雨，明月何曾是两乡。此刻，我们是手足，是兄弟，让我们并肩作战，共同筑起疫情防控阻击战的钢铁长城！

（原载2020年2月18日《宁夏日报》1版　尚陵彬　高　菲）

武汉客厅方舱医院

宁夏5名医生的10个小时

2月18日，经过14天精心医治和用心护理，宁夏第二批援湖北医疗队在武汉客厅方舱医院收治的首批5名患者治愈出院。19日，医疗队第一批进入武汉客厅方舱医院的5名医生，向记者讲述了首次进入武汉客厅方舱医院的故事。

2月5日凌晨，宁夏第二批援湖北医疗队抵达武汉。9日凌晨2时，医疗队队员冯珂、张曹、冯育、马汉宁、马刚等5人迎接大考——走进武汉客厅方舱医院开展诊疗。他们是医疗队第一批进入方舱医院的医生，第一个班将从凌晨值守到上午8时。

穿防护服需要半个多小时，加之是第一次值大夜班，5人提前两个小时到达武汉客厅方舱医院。

武汉客厅是一座文化综合体，疫情发生后被改建成方舱医院。2月7日，武汉客厅方舱医院收治第一批轻症患者。9日凌晨，冯珂等5位宁夏医生接管了600多张床位，平均每人负责100多张床位。

进入武汉客厅方舱医院前，他们反复检查防护服、防护面屏、护目镜、口罩、鞋套等装备。

来自宁夏医科大学总医院急诊科的医生马汉宁说："工作这么多年，各种复杂局面我也见过，也能在纷繁的状况中很快理出头绪，但进入客厅方舱医院后，还是感到有些震撼。"

进入武汉客厅方舱医院后，5人立即分头从交班医生处接管患者。每个人要一一评估各自接管的100多位患者的病情，采集病史、阅读CT、调整医嘱，唯恐漏掉一人、耽误病情。

"刚进去时，还挺担心出错，忙起来就忘了。满脑子着想尽快熟悉患者的情况，做到心里有数。"张曹说。每隔一两个小时，5人还会相互检查对方的防护装备有无异样，不敢有半点马虎。

来武汉前，冯珂接诊了后被确诊为宁夏第一例无明确接触史的新冠肺炎患者，"在银川是本土作战，还没有感觉到有多大压力。进入方舱医院后看到那么多患者，有的咳嗽还不戴口罩，心理压力确实挺大"。

凌晨3点多，医护人员送来一名56岁的患者，除血氧饱和度小于93%外，其他体征均达标。入住武汉客厅方舱医院患者的血氧饱和度需大于93%，按照此标准，他不能进入武汉客厅方舱医院，应转入固定治疗点。患者甚是焦虑、担心，冯珂认为可能是夜里气温低所致，于是一边安慰他，一边想法为他进行保暖。随后，该患者血氧饱和度大于93%，被收治入舱。

用了3个小时，5人完成了对所有接管患者的摸底工作，马汉宁补写了40多份病历。这时，他们才感到浑身大汗淋漓，护目镜上的雾气让眼前的景象时隐时现。“工作的时候没有意识到，头上的汗水已顺着护目镜、脸颊流进了口罩里。”马刚说。

方舱医院灯火通明，患者陆续起床洗漱时，5人才意识到天亮了。当天，他们交班出舱时已是上午10时，护目镜里能倒出水来。虽然5人10余个小时不吃不喝，不上卫生间，很疲惫，但成就感满满。

（原载2020年2月19日《宁夏日报》1版　张　贺）

千里驰援　同心抗疫

——固原市援湖北医疗队抗疫纪实

阳春三月，花开渐暖，捷报频传。

随着湖北和武汉疫情防控形势持续向好，援湖北医疗队陆续撤离。3月25日22时许，固原市19名援湖北医疗队队员圆满完成医疗援助任务，平安返回固原。至此，除疾控中心流行病学调查人员尚锐军、马耀武仍坚守湖北外，固原市59名医护人员已全部归来。

逆行出征彰显大爱情怀

1月28日，农历正月初四，疫情正紧，举国抗疫。

由固原市人民医院15名医护人员组建的第一批援湖北医疗队奔赴抗击疫情一线。临行前，固原市人民医院重症医学科主任医师、医疗队队长屈文慧毅然剪掉自己留了多年的长发，虽有不舍，但她还是笑着安慰自己："头发没了可以再长，现在的首要任务是投身一线，救治病人。"初期的疫情防控工作琐碎而辛苦。每次下夜班后，屈文慧还要在房间写材料、工作总结、上报信息等，很多时候一天只顾上吃一顿饭，但她从不觉得辛苦，干好医务工作的同时默默照顾着每一位队员。

王亚妮是隆德县人民医院的一名"90后"护士。2月4日，她和各县区派出的24名医护人员一道，前往武汉东西湖方舱医院，参与新冠肺炎患者的救治工作。乘车去银川河东机场途中，王亚妮的哥哥打来电话，第一句就急匆匆地问她："你在哪儿？为啥没和家里打招呼就往武汉跑？"她反过来安慰哥哥："就是告诉了你们，我也得去。不过我很快就能回来了，别替我担心，没事！"挂断电话后，王亚妮鼻头一酸。

同样，为了不让父母担心，固原市原州区人民医院心内科主管护师、医疗队队员马爱民提前和丈夫、兄弟姐妹串好"台词"，以工作忙不方便回家为借口，向父母隐瞒了支援湖北的事情。殊不知，在她出发前往武汉那天，心意相通的母亲在家坐卧难安，隐隐觉得不对劲。现在得知马爱民归来，母亲没有责备与抱怨，只是写了一封长信鼓励女儿。

"回报第二故乡，疫情不退，我不退！"这是固原市人民医院护士党艳随宁夏第六批医疗队出征湖北时的誓言。党艳是一名党员，曾在武汉科技大学就读。她说："我的护理生涯是从母校开始的，能有这样的机会回报武汉是我的荣幸。虽然我也有很多不舍和牵挂，但职责和使命让我不能退缩。”

精湛医术和用心护理获赞誉

在湖北航空工业襄阳364医院，年龄最大的81岁患者胡爷爷当初转到隔离病区时，情况很不好，发热、咳嗽、喘息等症状明显，血氧饱和度只有80%多，经过固原市人民医院医生、医疗队队员李强和当地医护人员半个多月的精心治疗，老人最终解除隔离并出院。离开医院时，他紧紧握着李强的手说："谢谢你们救了我的命。"

固原市人民医院的虎彤辉，24岁，是宁夏第六批援湖北医疗队里年纪最小的护士。患者中有位生活不能自理的老人，甚至没有力气给自己擦口水，一日三餐都需要护士帮忙。在她的精心护理下，老人胃口好多了，也不抗拒吃药了，还含混不清地对她说："谢谢你，你们太好了……"听到这样的话语，虎彤辉觉得一切辛苦都是值得的。

刚到武汉东西湖方舱医院时，医疗队队员不适应穿着闷热的防护服、纸尿裤工作。由于穿戴防护装备的时间较长，有的队员出现了脱水症状，有的队员脸部、鼻梁等处的皮肤裂开很多血口。但他们没有一人退缩，依然坚守岗位。

"每天要完成医疗护理、生活护理、咽拭子采集、心理疏导、健康指导、处理医疗废物等多项工作，时间根本不够用。"原州区人民医院护士、医疗队队员张露说。高强度的工作并没有消磨队员们的意志，反而让他们越挫越勇。鉴于他们吃苦耐劳、甘于奉献的工作作风和精神，原州区援武汉医疗队队员马爱民、刘瑞、曹艳、张露、黄婷等5人先后被驻地医院授予"先进标兵"称号。

为了让患者保持乐观的心态，能尽快康复出院，医疗队队员竭尽所能，有人成了广场舞领舞，有人变身“知心姐姐”开导病人，有人展露书法本领题字给病人打气……在所有医护人员的共同努力下，随着治愈率逐渐提高，一部分患者治愈出院后回家隔离，一部分转到了定点医院继续接受治疗。

3月10日，武汉14家方舱医院全部休舱。“接到休舱消息时，我的心情有些复杂，高兴的同时夹杂着不舍。一个月的共处，我渐渐对这个舱和这里的人产生了感情。”泾源县人民医院护士、医疗队队员禹娟在日记中写道。从2月7日开舱至休舱，武汉东西湖方舱医院实现了医护人员零感染、患者零死亡、出院零召回的目标。宁夏第二批援湖北医疗队共接诊患者714人，获得了“优秀护理团队”的称号。

固原市人民医院手术室主管护师、医疗队临时党支部书记丁奎兵负责驻地的消杀工作：逐一帮队友手部消毒、更换口罩和帽子，进行全身喷洒和鞋底的处理，将衣物消毒处理后转移到指定位置等。丁奎兵怕出纰漏，反复在心里熟记每个环节。“不能影响大局，一定要保证队友们的安全。”丁奎兵说。

宁鄂两地感情在守望相助中升华

三·八国际劳动妇女节，宁夏第六批援湖北医疗队队员、固原市人民医院派出的7名医护人员中，3名男士为4名女士准备了小零食当作节日礼物，祝她们节日快乐。同时，医疗队队员给病区的每位患者送去了一盒巧克力，鼓励他们重拾战胜病魔的信心和勇气。“虽然看不见你们的面孔，但我们看到了你们美丽的心灵和高尚的医德，向你们学习，向你们致敬！”患者李先生的感谢信，道出了许多患者的心声。

在襄阳市，固原市人民医院援湖北医疗队在襄阳市委和市政府的安排下，同辽宁、福建援湖北医疗队一起，种下了寓意全国人民齐心协力抗击疫情和襄阳人民感恩援襄医疗队的纪念林。

医疗队队员在返回固原前，纷纷在房间里留下了小纸条和宁夏特产，感谢驻地工作人员连日来为队员们提供的细致周到的服务。

离开武汉、襄阳时，当地医护人员、交警、市民、志愿者、机场工作人员等向宁夏援湖北医疗队队员们挥手告别，路过的车辆纷纷鸣笛致意，表达了对医疗队队员的感谢和祝福，宁鄂两地自此结下深厚友谊。

援助一线留下难忘回忆

代建立是固原市援襄医疗队队员邹礼丽的丈夫，三·八国际劳动妇女节前夕，襄阳市消防救援支队联系到彭阳县消防救援中队的代建立。他们邀请代建立录制了一段视频，于3月7日晚来到邹礼丽的住所，将这份特殊的节日礼物送给了她。“老婆，加油！我爱你！”视频播放结束前，代建立的一句话让邹礼丽泪目，也感动了在场的所有人。

3月15日这天，是宁夏第五批援湖北医疗队队员、原州区人民医院泌尿神经脊柱外科护士周琼的生日。医疗队队员们现场搜集材料，用面包、酸奶、饼干、枸杞和糖果做了一个小蛋糕，在楼道举办了一场不到5分钟的生日会。“这是我过得最有意义的一个生日，我许了一个愿望，希望我这个待嫁姑娘能早日脱单。”周琼说。

邢崴宏是固原市人民医院呼吸内科主任医师，1月24日，他和一名护士一起将固原市首例新冠肺炎患者送往自治区第四人民医院，返回后继续在固原市人民医院隔离病房工作。其间，他得知同事驰援湖北的消息，热血沸腾，写下了《请愿书》，结果被驳回。随后，他再次递交了支援湖北的《请愿书》，成为宁夏第六批援湖北医疗队队员。坚守抗疫一线近俩月，邢崴宏深刻感受到党的强大号召力、调度力和执行力，便积极向党组织靠拢，申请加入中国共产党。3月21日，还在武汉开展救治工作的邢崴宏火线入党。

……

面对这场突如其来的疫情，固原市的白衣战士逆行扛鼎，勇担拯救生命的重任，先后有5批共61名医务工作者奔赴湖北抗疫一线。他们同时间赛跑、与病魔较量，以精湛的医术、敬业的精神，在各进驻医院坚守岗位，挽救了一位又一位患者的生命，唱响了一支又一支生命之歌。

（原载2020年3月28日《固原日报》1版　胡　欣）

听襄阳医护人员讲述宁夏医疗队的故事

1月29日，宁夏第一批医疗队137人抵达襄阳。2月12日，宁夏第二批医疗队79人抵达襄阳。

连日来，宁夏医疗队成员奔赴襄阳市中心医院、第一人民医院、中医医院、中西医结合医院等抗疫一线。并肩作战一段时间之后，记者来到抗疫一线，听襄阳市医护人员讲述了他们眼中的宁夏医疗队。

这群宁夏天使不怕苦，既细腻又阳光

“第一批14人，第二批9人。”襄阳市中心医院护理部主任张小红介绍，共有23名宁夏医护人员支援襄阳市中心医院。

这些最美“逆行者”给张小红的印象是：“这群宁夏天使不怕苦，既细腻又阳光。”

起初，考虑到宁夏医疗队刚来襄阳，需要适应环境，医院不让他们参与倒班，工作时间为上午8时30分至下午2时30分。

“许多宁夏护士都自发加班，工作8个小时是常有的事。”张小红说，“还有3名宁夏护士主动要求参与倒班。”

无论是生活护理、病情观察，还是做各种治疗、交接病人，宁夏护士照顾患者时心思都十分细腻。张小红说，有两件事让她尤为感动。

2病区患者周华（化名）确诊新冠肺炎后情绪低落。但当宁夏护士宋薇到来后，周华像变了一个人，脸上有了笑容。

原来，有一次周华偶然提到“想吃橙子”。说者无意，听者有心。之后，宋薇专门带了从家乡背来的橙子、牛奶、阿胶。

“当周华拿到橙子时，眼泪簌簌地往下掉。”张小红说。这样的暖心事，还有不少。

前几天，病房里收治了一名婴儿，病房的奶粉短缺。当天，有护士到附近超市购买奶粉时，遇到了宁夏护士。一问才知道，她们也要给那名婴儿买奶粉。

“宁夏老师在工作中很严谨，在生活中很阳光。”张小红说，在医疗队的微信群里，这些队员每天都相互鼓励，非常乐观。

千里驰援，尽心尽力。张小红说，等抗疫胜利后，她想请宁夏医疗队队员品尝襄阳最地道的牛肉面。

这些宁夏“战士”，让我们看到了必胜的希望

1月24日，襄阳市中西医结合医院成为新冠肺炎定点收治医院。当时，医院专门开设病区，率先收治确诊患者。有1支10人组成的宁夏医疗队前来支援。其中，队长系宁夏医科大学总医院重症医学科主治医师姚再先。

“在宁夏医疗队没来之前，我们医院一直处于超负荷运转状态。”市中西医结合医院外科主任刘学勇说，“这些宁夏‘战士’，让我们看到了必胜的希望！”

10名宁夏医疗队队员中，有2名医生、8名护士。培训后，10人迅速到岗，并参与医院倒班。

“无论是医生还是护士，他们都不讲条件，迅速和我们并肩战斗。”刘学勇说，有几个小细节让他颇为感动。

一开始，由于不适应环境，多名宁夏队员失眠。为了不耽误抗疫，队长姚再先、副队长邸晓君做了大量疏导工作，甚至给队员们开了药。

之后，医院开设新病区，抽走了部分医护人员。此时，姚再先又站了出来，他除了负责团队管理，还主动冲在病房一线。

“8名护士也都非常出色！”刘学勇说，每次换班前，宁夏护士不仅做完前一班的工作，还会尽力减轻下一班的负担。

临下班前，宁夏护士会背着逾15公斤的消毒桶，对整个病区消毒。刘学勇说，这些护士个头不高，但精神十足。

千里驰援，共同抗疫。刘学勇说，宁夏援襄医疗队展现出了宁夏医护人员的最美风采。

身背25公斤消毒桶，这个宁夏小伙有点帅

面对来势汹汹的疫情，襄阳市疾控中心吹响抗击疫情的号角，立即组建应急组、消杀组、监测组，奔赴抗疫一线，防范、阻断、消灭传染源。

2月14日一早，襄阳市疾控中心职工街门诊主任夏定兵迅速赶往3户疑似病例家中指导消毒。与以往不同的是，夏定兵身旁多了一位宁夏小伙子，名叫田涛。

田涛系宁夏回族自治区疾控中心工作人员。作为宁夏第二批援襄医疗队成员，他被分配至襄阳市疾控中心从事消杀工作。

“注意，这几个门把手都要重点消毒！”上午9时，田涛走进一户疑似患者家中，细致地开展工作。

夏定兵介绍，消毒水的配比、喷洒区域都因“感染人”而异。在他看来，虽然共事不久，但这位宁夏小伙子很专业。

“田涛自从2月14日跟着我后，我们成了最亲密的战友。”夏定兵介绍，作为一名消毒技术人员，他们每天都要直面环境中可能存在的病毒，要走进疑似患者家中、深入医学观察点，开展消毒工作。

4天里，夏定兵和田涛不仅要穿着密封防水的防护服，而且要轮流背着重重的消毒桶。一天下来，即使累得站不住了，两人都没有喊苦。

“身背25公斤消毒桶，这个宁夏小伙子有点帅！”夏定兵说，让他感到意外的是，田涛来襄阳支援时并未告诉父母。

“田涛告诉我，等战胜疫情后返程时，他会将这件事告诉父母。”夏定兵说，田涛把襄阳人当亲人看，这份对襄阳的热忱，让大家尤为感动。

两个小姑娘很勇敢，一来就喊着要上一线

1月30日、2月2日，宁夏护士王爱芳、杨俊芳先后到襄阳市中医医院惠民院区支援，两人均来自宁夏医科大学总医院。

“两个小姑娘很勇敢，一来就喊着要上一线。”襄阳市中医医院惠民院区护理部主任潘小梅说，两名宁夏护士临危不惧、敢于担当，让她很感动。

杨俊芳之所以“晚”来了2天，有个小插曲。刚到襄阳时，她有些感冒，大家都让她好好休养。但是，她坐不住，又来到医院请战。

“一个班是6个小时，意味着穿上防护服后6个小时不能吃、喝、上厕所。”潘小梅说，当她询问两人工作情况时，两人不仅没有一句怨言，还坦言“我们就是来吃苦的，有脏活累活随时吩咐我们”。

20天来，王爱芳、杨俊芳奋战在抗疫一线。其间，王爱芳和患者刘女士竟成了一对临时母女。原来，经过多日的护理，患者刘女士对王爱芳心怀感激。刘女士说，看到王爱芳，就会想起女儿。

潘小梅说，还有一件事，让大家颇为感动。前几日，王爱芳和杨俊芳的手先后被划破了，考虑到感染风险增加，医院建议她们好好休息。但是，她们都回绝了。

“这段时间，恰逢王爱芳的生日和杨俊芳爸爸的生日。但是，由于参加抗疫，她们不能和家人团聚。”潘小梅说，两名宁夏护士是最美“逆行者”，她们为该院带来了力量、信心和决心，让大家有决心打赢这场疫情阻击战。

（原载2020年2月21日《宁夏日报》4版　陈洋波　张慧华）

鏖战武汉市中心医院

武汉市中心医院有14支来自全国各地的医疗队。其中在此鏖战的宁夏第五批、第六批援湖北医疗队，共有325名队员。目前，宁夏医疗队接管的3个病区，累计有19名患者治愈出院。

宁夏医疗队来了

走出武汉天河机场，宁夏医科大学总医院心脑血管医院医生刘志军才知道要去武汉市中心医院，“疫情就是命令，我们已经做好迎战准备”。

2月26日、27日，宁夏医疗队队员相继进入接管的武汉市中心医院后湖院区发热4病区、5病区、16病区，呈现在他们眼前的，是极其疲惫的武汉医护人员以及上百名普通、重症和危重症患者。

“平时，我在ICU护理患者，这次是接治重症患者。”宁医大总院心脑血管医院ICU病区护士长黄利红说，那些已经在前线奋战了50多天的武汉同行，着实让人心疼。为了应对疫情，武汉市中心医院的所有医护人员都扑在一线，连口腔外科的医生都在救治病人。“我们来了，他们也休息不了，而是转移到其他病区继续救治患者。”黄利红说。

此时，刘志军却有些失落，原本准备冲到一线救治危重症患者，但接诊的多为普通患者。32床66岁的患者拉着他的手说：“我的病没治好之前，你别走。”刘志军潸然泪下，疫情当前，无前线、后方之分，只要穿上这身白色“战袍”，就要勇往直前。

10床是位89岁的老人，患有多种慢性病。宁夏医疗队接管病区不久，老人的血氧饱和度从90%下降到75%，血压突然下降，已经休克。补液、高流量吸氧……经抢救，老人转危为安。

新冠肺炎在每个个体身上表现出的症状不同，轻症可以转普通，普通也能转重症，重症也可能转为危重症，情况瞬息万变，这让刚刚接管病区的宁夏医疗队队员更加谨慎。

给患者生的希望

与甘肃医疗队接班时，16病区25床的患者让大家揪心。“肺部感染严重、重度贫血、低蛋白血症、电解质紊乱、翻身困难，压疮严重，伴有休克情况，属极危重患者。”中卫市中医院医生徐力坦言，“极危重”意味着随时面临病亡，这是当时该病区病情最重的患者。

宁夏医疗队专门为25床患者配备医生和护师，制订治疗方案。“翻身需要4个护士，面积最大的一处压疮直径20厘米，有时一次能从疮口排出200毫升脓液。”自治区人民医院骨科中心护士长赵娟说，传染病患者的体液极其危险，但无人退缩。普通患者很快就能交班，25床交班需要30分钟至1个小时，血压、血氧、生命体征、出入量……每个指标都要一一说清，上一班医生才能拖着疲惫的身体离开。经过近10天的悉心治疗护理，25床患者身体各项指标开始好转，意识恢复，从极危重症转为危重症。

视线模糊、手套太厚针扎不准，宁夏医疗队队员迎难而上。

自治区人民医院西夏分院急诊科护士李芳有“李一针”之称。她有一套扎针诀窍：心不慌，顺着血管的脉络感受其弹性，男女老少各异，轻重拿捏到位是关键。闲暇时，她经常按摩自己的双手进行练习。

面对新冠肺炎患者，李芳很忐忑，戴着两层医用手套让她敏感的手指几乎没有触觉。她改“摸”为“点”，轻轻按压患者血管，感受其弹性后再决定下针的角度，虽然难度提升不少，但是经过多次操作，已经熟练了很多。

一个患者的微信治疗群

宁夏医疗队接管16病区后，9床患者的遭遇令他们唏嘘。她的女儿因感染新冠病毒流产，她因照顾女儿被感染。“患者情绪特别低落，不和任何人交流。”徐力说。

“我们会诊后，认为9床情况特殊，要先‘疗心’——解开她的心结。”银川市第一人民医院医生谢晓敏说。接诊的第二天，一个名为“9床治疗群”的微信群建立，包括该患者家属共有18人。群里的医生24小时在线为9床患者服务。在宁夏医疗队队员的努力下，9床的患者开始和医护人员说话、配合治疗，病情逐渐好转。3月3日的CT结果显示，该患者肺部病灶明显吸收。“再过几天，就能出院了。”徐力说。

由于新冠肺炎患者的家属不能到病区探望和照料，医护人员就承担起了照顾患者的职责。宁医大总医院肿瘤医院护士朱玲，接班时不忘给13床的糖尿病患者带无糖饼干。中卫市人民医院感染科护士李莉娟护理的27床患者，是个90多岁的老奶奶，大小便失禁，每次李莉娟帮老人清理排泄物，老奶奶都抬起双手致谢。“患者的理解和配合，让我们感到自己的付出很值得。”她说。

妈妈的味道淡了

在5病区奋战的中卫市人民医院护士梁学娟是位军嫂。疫情发生后，她第一时间报名并加入驰援湖北医疗队，“我有两个女儿，年龄都小，确实有困难，说不害怕也是假的。但是，这时候需要医护人员冲上去，我不想当逃兵”。

出发时，大女儿要梁学娟把睡衣留下，说是晚上能闻着妈妈的味道睡觉。前几天她与女儿视频，女儿问：“妈妈的味道淡了，你是不是快回来了？”

由于接治了中卫市第一例新冠肺炎确诊患者，李莉娟和同事2月5日起就在宾馆隔离观察，直到前往武汉也没和儿子见面。临行前，她给儿子发短信："妈妈要走了，等着妈妈回来。"

马旭升是吴忠市人民医院急诊科护士长。作为男护士，工作时要承担很多苦活重活。3月6日，说起儿子，马旭升一时有些语塞："想儿子了，一个5岁，一个3岁，小的还不知道我来这么远的地方，以为我是平常上班。"说着，他把脸转向一侧。

在前线奋战的医护人员，无法准确告诉家人何时回家，但能准确告诉武汉："疫情不退，我们不撤！"

（原载2020年3月7日《宁夏日报》1版　张　贺）

宁夏援湖北医疗队“前线”日记：

脱“装备”时，脸疼到不敢碰

1月28日下午，来自宁夏医科大学总医院、自治区人民医院、银川市第一人民医院、自治区第五人民医院、石嘴山市第一人民医院、吴忠市人民医院、固原市人民医院，以及中卫市人民医院等区内8家医院、135名各科专家组成的宁夏第一批援助湖北抗疫医疗队（以下简称“医疗队”），奔赴湖北省襄阳市阻击新型冠状肺炎疫情。他们分成12个小组分别前往襄阳不同市县的12个医疗机构，投入到紧张的工作中。2月10日是医疗队援助襄阳的第13天，让我们翻开他们的“前线”日记，一起看一下队员们工作的咸酸苦辣甜。

咸：下班后还需1小时做防护

医疗队队员胡莹奔赴襄阳的第一天，就记录了前线医疗队队员在生活中的自我防护。

她写道：工作外的时间，我们都待在房间里做自我隔离。住单人单间。用餐时我们佩戴口罩下楼领取盒饭，领到后回到自己的房间单独用餐。房间内也简单划分为污染区、半污染区和清洁区三个区域，每个区域有固定的鞋子。

进门后进入污染区，将外出的鞋子套上一次性鞋套后更换第一双拖鞋进入半污染区，用4毫升消毒液配500毫升水的84消毒液喷洒背包及外套、鞋底，消毒手机。洗手后直接进入淋浴区进行清洗。这里借鉴了北京安贞医院急诊科总护士长丁莉萍分享给医护人员的防护经验：1.下班后洗澡必须大于30分钟，要认真清洗鼻孔；2.洗澡后必须用75%的酒精棉签对双侧耳朵进行消毒；3.用生理盐水滴眼睛；4.用生理盐水漱口；5.禁止戴任何首饰；6.吹干头发。

每天下班后，这一套流程下来最快也要1个小时，即便再累再饿也马虎不得、偷懒不得。如果能做100件预防措施，绝不做99件。

酸：4名女战士忍痛剪长发

“特殊的工作环境需要我们每天都穿着不透气的防护服，一穿至少七八个小时。长时间闷在里面，头发太长特别不方便。为了疫情防控工作，为了节约更多的时间照顾患者，建议队员们剪掉长发。”1月30日晚10时16分，医疗队队员长阚天燕在微信群里提醒：所有女战士们，请忍痛把长头发剪掉吧，短发更有利于穿脱防护服和消毒，安全第一！不一会儿，有4名女队员互相帮忙剪短了头发，并合影留念。

医疗队队员余艳在日记中写道："原先大多数女性医务人员都留有披肩长发，但为了疫情防控工作，大家没时间、也没条件去理发店剪发，所以只能相互帮忙。由于不是专业理发师，姐妹们的头发被剪得参差不齐，虽然不太美观，但增添了几分英姿飒爽。"

苦：奋战7小时后脱"装备"

1月31日下午2时52分，连续工作了7个多小时的医疗队队员王伟，在微信群里发出他脱去防护服后的照片。"脱下这套'装备'，感觉头晕、气短，鼻梁、耳朵、脸颊特别痛，都不敢碰。"只见照片上他的鼻梁上压痕很深，耳朵后面的皮肤磨得皮都掉了，手掌的皮肤皱缩发白，就像是在水里泡了很久……"其实我们不是最苦的，当地的同行们更苦，应该向他们学习。"王伟在微信群里说。

19时，"90后"医疗队队员冀丹也在微信群发了一张照片，只见她脸上泛着油光，一脸倦意，额头和脸颊被护目镜压得都是凹痕。尽管如此，只要穿上防护服，他们就是"战士"。

辣：为了6小时不上厕所穿纸尿裤

医疗队队员付晶琎，经过3天严格培训，于2月1日正式进入病房工作。那天，天还没亮，她就已经没有睡意，看着窗外蒙蒙夜色中的宜城，她心里依然有些忐忑不安。

熬到天亮，收拾完毕，看着床上的纸尿裤，付晶琎不禁发起愁来。她在日记中写道："努力了很多次都没有穿上，想起自己当初在普儿科给孩子换纸尿裤也没有这么困难啊！加油，再加油！为了6小时可以不去厕所！为了减少交叉感染的机会！为了减少防护物资的浪费！我一定可以！"

简单吃过早饭，7点半，付晶琎便和卢燕主任、杨春燕护士长及队友们到达宜城市人民医院感染科。看着醒目的"隔离区"三个大字，付晶琎在日记里回忆着当时的情景："说不紧张、不害怕，那是假的！进入病区后，我们开始更换工作服，卢燕主任一直在监督我们穿防护服的每个步骤，生怕我们一个细节没有做到位，导致自身感染！直到我们全部穿戴完毕，主任紧张的脸上才有了放松的笑容！"

甜：患者在窗户上贴纸条，感谢医护人员

虽然不知道你们的名字，但是我在心里一直感激你们的默默付出。你们在家也是父母的掌上明珠，却选择战斗在最危险的疫情一线。我要向你们表达感谢和敬意。感谢你们的努力与付出，感谢你们的专业与耐心。

祝你们在今后的日子里身体健康，万事如意。

一个会永远记住你们的武汉新冠肺炎患者，2020年2月7日。

这是一名患者悄悄在病区窗户上贴的纸条上写下的话，医疗队队员杨梅看到后非常感动。

杨梅与几位同事在湖北枣阳市第一人民医院开展医疗救援工作。

在照料患者的这段日子里，她收到了很多来自患者的感谢。她在日记中记录道："当得知我是从宁夏来的医务人员，一位58岁的阿姨竖起了大拇指，激动地说'真是太感谢你们了，那么远来帮助我们，有你们在，我们更安心了'。"

（原载2020年2月11日《新消息报》5版　安小霞）

这封信，等你上了飞机再打开

“平时不好意思叫你一声‘亲爱的’，现在可以借着写信的机会脱口而出了。今天是你随医疗队出发的日子……”

2月21日中午，宁夏第六批援武汉医疗队即将出发，银川市公安局刑侦支队技术大队民警马佳赶赴河东机场，为丈夫郝绍文送行。在机场大厅，马佳把一封信塞到郝绍文手中：“想说的话，我写在信里了，上了飞机再打开。想我和女儿时候，就拿出来看看……”

马佳是刑事技术员，有10余年的从警生涯，虽谈不上惊心动魄，但也经历了“一些大场面”。她最多的时候一天要做300多份生物检材实验，对100多份生物检材进行比对分析。为了使分析准确，她常常在仪器前一坐一整天。为了快速破案，通宵进行实验比对更是家常便饭。

郝绍文是宁夏医科大学总医院的一名全科副主任医师。上班接诊、下班查病房已成标准流程。查病房时，不仅要做好下医嘱的分内工作，还要安抚、鼓励患者，引导患者用良好的心态战胜病魔。

新冠肺炎疫情发生后，两人同时奔赴抗疫一线。郝绍文每天穿着防护服，戴着口罩、防护面屏在一线工作，一上岗就是一天。为了保证接诊量，他不敢多喝水，累了就在凳子上歇会儿，晚上住单位宿舍。从微信上看到郝绍文脸上因为长时间戴口罩、护目镜而出现了压疮，马佳想哭；听见女儿说爸爸是英雄时，马佳的内心又充满了自豪。

（原载2020年2月23日《宁夏日报》1版　张　贺）

心向荆楚　谱写大爱

四月的石嘴山，春风送暖，桃花正香，翠柳吐绿，芳草青青。马路上，又见车水马龙；工厂里，重现机器轰鸣。走在疫情防控和复工复产的路上，一切都那么春意盎然。

然而，两个多月前的春节注定让人难忘。

向爱出发，让爱传递。突如其来的新冠肺炎疫情牵动了国人的心，“武汉加油”“中国加油”的口号响彻全国。在这场没有硝烟的战斗中，千里之外的石嘴山人并不是局外人和旁观者，142名医务人员逆行湖北，数十吨蔬菜驰援荆楚，爱心善款纷纷涌向湖北……

以最快速度、尽最大可能驰援武汉、帮助湖北，成为石嘴山市委、市政府和80万石嘴山人的自觉选择。

危难之中彰显石嘴山温度

面对湖北各地每天新增确诊病例的数字，石嘴山市医疗机构纷纷发出组建援湖北医疗志愿服务队的倡议。

“我是党员，我不上谁上！”“我没有结婚，没有牵绊，让我去吧。”志愿倡议一呼百应，白衣“战士”热血沸腾，纷纷递交《请愿书》。鲜红的手印，是铮铮誓言。在湖北疫情最危急的时刻，石嘴山市将最精锐的医护人员火速集结，24天内分6批亮剑出征。

一条时间轴记载着石嘴山医护人员的抗疫日志：

1月28日，石嘴山市首批援湖北医疗队出征湖北襄阳。

2月4日，第二批援湖北医疗队紧急集结奔赴武汉，为武汉方舱医院补充医疗力量。

2月12日，第三批援湖北医疗队再次奔赴襄阳。

2月15日，第四批援湖北医疗队进入武汉方舱医院。

2月19日，石嘴山市第一人民医院再次派出8名医务人员和市疾控中心的2名工作人员奔赴武汉市中心医院，此次石嘴山市派出了首批流行病学调查人员。

2月21日，第六批援湖北医疗队再赴湖北一线，与前五批医务人员同心抗疫。

至此，石嘴山市呼吸、重症医学、感染性疾病、中医等专业的40名医生和102名护士赴湖北支援，实现全市二级及以上公立综合医院参与援湖北医疗救治工作全覆盖。这142人，在家是儿子女儿，是爸爸妈妈，但无论什么身份，在这个生死攸关的时刻，他们毅然选择逆行而上，星夜驰援，与湖北人民众志成城、守望相助。离开故土，他们在心底起誓："疫情不退我不归！"放下行囊，他们全身心投入救治，无私无畏地传递着石嘴山的爱与暖，散发着光与热。

1月29日凌晨，石嘴山市首批援湖北医疗队的医护人员抵达襄阳后，立即投入到医疗救治工作中，他们用精湛的医术为患者治疗，耐心地用亲切的话语鼓励患者树立信心。连续开展救治工作3周后，按照要求，原本要返回休整的他们，却再次集体递交了一份《请愿书》。

"我还没有体会到打胜仗的喜悦，还没有吃到襄阳最好吃的牛肉面。""我们坚决服从组织安排，援助襄阳，抗疫到底！"

一句句朴实的话语，15个鲜红的手印如同15颗跳动的红心，表达着石嘴山市医护人员与襄阳人民同呼吸、共命运的决心。

"儿子，妈妈去外地出差，你要听姐姐的话，妈妈回来给你买好多礼物。"平罗县人民医院护理部副主任苏艳玲是石嘴山市第二批援湖北医疗队队员。出发时，面对还未满三岁的儿子，她撒了个谎，头也没回走出家门，任由儿子趴在楼道里哭喊。

初到武汉，作为宁夏第二批援湖北医疗队总护士长、武汉东西湖区方舱医院护理部副主任，有两大挑战摆在苏艳玲面前："一是这支队伍怎么带，二是这场硬仗怎么打。"虽然身上的担子不轻松，但起步就要冲锋、开战就是决战。初到武汉，苏艳玲顾不上熟悉环境，迅速成立第二批援武汉护理临时党支部，根据人员结构，按照地市成立四个党小组。根据护理人员的年龄、工作年限、婚姻、职称等信息，将护理人员分为10个小组。全体人员快速进入战斗状态，全力投入到患者救治工作中。

幸得有你，山河无恙！正如宁夏第三批援湖北医疗队队长、自治区第五人民医院院长田炜宁的女儿田凯怡在给父亲的家书中写道："当前，在全国人民众志成城抗击疫情的关键时刻，您用实际行动诠释了一名医务工作者的使命担当，诠释了何为家国天下。为众人抱薪者，必为人民所铭记，我很骄傲在祖国人民需要的时候，那一个个最美的'逆行者'中有我的爸爸。身为您的女儿，这是我一辈子最骄傲和自豪的事情。"

从1月28日第一批援湖北医疗队出发，到4月4日最后一批队员凯旋，石嘴山市派出的医疗队队员与兄弟市县的医疗队队员密切配合，在襄州区人民医院、襄阳市中西医结合医院、武汉市汉阳体校方舱医院、武汉市中心医院、武汉市东西湖方舱医院、武汉客厅方舱医院、襄阳市传染病医院、襄阳市职业技术学校附属医院、武汉市洪山区疾控中心、潜江市疾控中心等10家医疗卫生机构，承担危重症患者、普通患者以及轻症患者的救治任务，累计接诊患者2938人，抢救危重症患者125人，护理患者5932人次，实施心理个案干预959人次，采集咽拭子1936例；完成96例疑似、确诊病例的流行病学调查，摸排密切接触者257人，撰写流行病学调查报告26份，实现了医护人员零感染、进驻人员零投诉、治愈人员零复发的工作目标。

"你们的到来，让湖北人民看到了希望。""湖北欢迎你们，感谢你们。"来时，掌声中有眼泪。

"石嘴山的各位医生、护士，你们的勇敢和善良，我们铭记于心！""等疫情退去，湖北等你们来。"归时，赞誉声中有眼泪。

同舟共济，温暖传递不断线

一方有难，八方支援。在湖北疫情防控工作最吃紧的阶段，2月9日，石嘴山市积极响应自治区支援湖北的号召，组织平罗县双赢蔬菜专业合作社、平罗县盈丰植保专业合作社和大武口区陇上鲜种植合作社开展蔬菜驰援活动。

大武口区陇上鲜合作社社长张银山从媒体上看到武汉物资紧缺的消息，一直想要出把力，却不知该怎么把菜送过去。看到政府发出支援湖北的号召后，他立刻组织人力调集了10吨蔬菜。

“希望蔬菜能带去我们对湖北的关切，希望湖北人民能挺过这一关！”2月9日，平罗县双赢蔬菜专业合作社负责人王怀东紧急调运25吨塞上春蔬菜园区种植的新鲜蔬菜，连夜做好了蔬菜分拣、包装、装车等工作。为确保这批援助武汉的蔬菜保质保量，塞上春公司对蔬菜进行农残检测合格后装箱装车，仅用4小时就完成了4吨辣椒、9吨西红柿、12吨芹菜的采摘、检测和装车工作。

“感谢宁夏人民的深情厚谊，前方道路畅通，我们全程为你护航。”经过两天一夜的奔波，2月11日下午，当石嘴山市捐助的50吨“珍硒石嘴山”蔬菜搭载自治区援湖北物资车队抵达湖北时，湖北交警发出了这样的护航承诺。

“在宁夏平罗，有一家合作社，叫盈丰植保专业合作社，连夜采摘2.5万公斤新鲜蔬菜，驰援武汉……”2月11日，在国务院联防联控机制召开的新闻发布会上，农业农村部农村合作经济指导司副司长毛德智为平罗县盈丰植保专业合作社向湖北捐献蔬菜事迹点赞，激发了石嘴山市社会各界参与抗疫的使命感。

抗疫不松懈，爱心在延续。进入3月份，全国疫情形势逐步好转，湖北连续下降的确诊病例数更带来了春的希望，而平罗县姚伏镇王海燕、郑建刚夫妇却始终牵挂着湖北人民的“菜篮子”。

“我们夫妻俩都是党员，如果不在这次疫情中有所担当，我们的心里会觉得有愧。”王海燕说。

想是这么想，可是2万公斤大葱谁来挖？谁来运送？谁来保障？谁来接收？

“我们有意向武汉捐赠2万公斤大葱，因无法运送，迟迟无法送达武汉。现邀约物流等公司或志愿者做联合捐赠，可提供运费补贴……”3月上旬，王海燕在朋友圈发出这样一条求助信息。

让她没想到的是，这条信息在网上迅速扩散，她的手机铃声不断响起，一系列问题随之得到解决。最终，宁夏红润浩翔物流有限公司派出大型半挂牵引车承担起此次爱心运输任务，宁夏龙旺劳务服务有限公司董事长贺跃龙则捐助5000元用于购买燃油。当地村民纷纷走进王海燕的大棚里帮忙挖葱……一幕幕爱心接力在田野里温情上演。装载着2万公斤大葱的卡车于3月19日一路驶向武汉，3月20日下午安全抵达武汉。想到自己亲手种下的大葱将在抗疫中发挥一份作用，王海燕夫妇露出开心的笑容。

（原载2020年4月14日《石嘴山日报》1版　周丽华）

郗燕：穿上白大褂就要往前冲

3月20日，中卫市新闻传媒中心抖音号“中卫传媒”发布的一则标题为“世界上最远的距离不是生与死，而是你就在我面前却无法拥抱”的抖音短视频引发了无数网友关注，点赞量达到“30万+”，浏览量达到“1000万+”。

视频中，近两个月未见妈妈的8岁小男孩名叫刘宇轩，他一手拿着礼物，高喊着“妈妈、妈妈”奔向母亲，却因妈妈郗燕刚支援湖北归来需进行隔离无法与他拥抱而号啕大哭。

孩子的哭声让无数网友动容，他们纷纷留言：

“你的妈妈是英雄！”

“为中卫市美丽的白衣天使点赞！”

……

1月28日，中卫市首批援湖北医疗队出发，市人民医院中医康复科主管护师郗燕就是其中一员。“当时没有多想，就觉得穿上这身白大褂，就要往前冲。”郗燕说，她想为儿子做个榜样，让他知道什么是勇敢。

时间紧、任务重，到达湖北省襄阳市谷城县的第二天，郗燕和其他队员接受了严格的岗前培训，口罩紧紧挤压在脸上，穿上密不透气的防护服，开始战“疫”。

“里层是N95口罩，外层是普通外科口罩，护目镜、防护面屏一个不落，整个人都被包裹起来，还没开始工作就已有些缺氧了。”郗燕说，但当她走进病房，与那一双双无助、焦虑、恐惧的眼神对视的瞬间，她就顾不了那么多了，心中只有一个念头——救治病人要紧。

2月7日，是支援湖北的第10天，郗燕清楚地记得，医院新来了一位60多岁的新冠肺炎患者，阿姨既往有冠心病、高血压等多种疾病，情况危急。但因她过度紧张，情绪不稳定，治疗不能正常进行，郗燕便拉着阿姨的手耐心安慰，使治疗得以继续。

“辛苦你了，小姑娘，从那么远的宁夏来帮助我们，我太感动了！”治愈出院时，阿姨特意在众多穿着防护服的医护人员中找到了郗燕，向她鞠躬致谢。

“在和患者接触的那段时间，我经常能听到‘谢谢你’‘为你们点赞’最美‘逆行者’等话语。”郗燕说，每当听到这些温暖的话语，便觉得身体里又充满了力量，觉得一切付出都值得！

其间，除了患者的认可，千里之外，儿子刘宇轩也成了支撑郗燕坚持下去的动力，53天里，稚嫩的言语，是安慰、是鼓励、是力量……

“平时儿子就比较黏妈妈，当她要去支援湖北时，儿子也哭了。”郗燕的丈夫刘涛说，后来经过沟通，儿子也理解了妈妈，还常常为妈妈加油打气。

“平时妈妈太忙了，我不能每天和她视频，所以想妈妈的时候就给她画画。”刘宇轩说，妈妈是英雄，他要好好学习，长大后成为一名军人，报效祖国。

14天的等待似乎比支援湖北的53天更漫长。4月3日，刘宇轩如愿拥抱了妈妈。

我们也如期待的那般，等到了英雄平安归来，也迎来了春暖花开。

（原载2020年4月23日《中卫日报》1版　孙迎春）

我在“前线”申请入党

——固原市医院援湖北医疗队11名队员集体递交入党申请书

“为什么要入党？”

“家里人除了我都是党员，爷爷经常问我什么时候入党，我想好了，现在我就要申请入党。”

“我很高兴你能这样想，祝你早日成为一名中国共产党党员。”

几天前，在湖北航空工业襄阳364医院，固原市人民医院援湖北医疗队队员撒荣，向临时党支部书记史晓东表达了志愿加入中国共产党的意愿，并递交了入党申请书。同撒荣一起递交入党申请书的，还有其他10名队员，其中年龄最小的24岁、最大的55岁。

到达驻地医院的半个月，医疗队队员和当地医护人员共同见证了一个已经废弃七八年的医院，为了疫情防控工作需要，只用3天时间就重新运转起来，并开始收治疑似病例患者的过程。航空工业襄阳364医院主要负责收治疑似病例患者，大多数患者是由襄阳市各个社区送来的。医疗队队员坚守岗位，配合呼吸科主任努力完成襄阳市下达的收治疑似病例患者的任务。

固原市医疗队队员有的被分配到隔离区，有的被分配到半污染区或清洁区。在隔离区的医生由于身穿防护服打字不方便，只能在接诊、处理、诊治过患者后，将手写的病历拍照发给清洁区的医生，由清洁区的医生打字整理出书面材料，上传到电脑系统，而护士们也忙着给患者采血、输液等。不管是谁，都没有抱怨，更没有退缩，全力奋战在抗疫一线。

为了保证医护人员的健康，医疗队队员的食宿都是独立的，在繁忙的工作之余，他们只能在微信群分享、交流身边的故事和经历。经过众志成城抗击疫情的“战斗”洗礼，他们纷纷表示要向党组织靠拢，志愿成为一名共产党员，在国家和人民需要的时候挺身而出，使命必达。“通过在一线工作的这段时间，我对党组织充满了崇敬之情，也深刻感受到了这份工作的职责和意义。加入党组织后，我希望能发挥更多的光和热，为人民服务。”55岁的医疗队员、固原市人民医院护理部副主任张志红说。

（原载2020年2月13日《固原日报》1版　胡　欣）

谢谢你们冒着生命危险救我们

宁夏回族自治区人民医院急诊科护士宋薇是宁夏援湖北医疗队队员，2月11日，她把自己的病人惹哭了。

宋薇在襄阳中心医院东津院区发热3病区执行医疗救援任务。病区有个和她年纪相仿的女患者，从转进来那天起，就一直十分焦虑，她害怕自己治不好，怕到吃不下饭、睡不着觉。情绪不佳带来了身体上的不适，她每天不时地感觉胸闷气短，这又加重了她的焦虑，形成恶性循环。

宋薇知道她的心结后，每天走进病房，都会主动找话题和她聊两句，开导她。2月11日这天，宋薇第一次从这位患者口中听到患者说“想吃东西”，她高兴极了，于是把自己从家乡带来的食物装了一大包，送到了患者的房间。

“吃点甜食心情好，这是家人给我准备的。”宋薇掏出了几盒酸奶、牛奶，还有几个橙子。病人有点惊讶，不住地道谢。

“你在病房不要胡思乱想，好好吃，这是我们来（襄阳）的时候，同事自己熬的阿胶，我给你拿了几袋，你尝尝。”宋薇又掏出了几袋“存粮”。

把所有的东西都放在病人的床头柜上后，宋薇伸出手：“来！我们一起加油！”她握住了病人的手。

而那个除了说“谢谢你”之外不知道怎么表达感激的患者，突然哭出声来。

宋薇上前一步，握了握她的手，爽朗的声音里满是坚定和信心：“现在治愈率越来越高了，你千万不要害怕，不要乱想。有什么事你就跟我说，回头加我的微信，好不好？”

当天下午，宋薇收到了这位患者发来的一段话：“我们这边称呼医生为老师，我也喊你宋老师吧！今天真的特别感谢您的关心，我从确诊到身体不适，一滴眼泪都没有流过，但是今天，我流泪了。谢谢你们，冒着生命危险救我们。”

病区的另一个病房里，住着一个老奶奶，患有眼疾，行动不太方便，但很少叫医护人员帮忙，她总是说医护人员每天太累了。老奶奶心态特别好，她的房间是全病区最整洁的，她经常说：一定要和病魔斗争到底，要打败病毒。

宋薇很喜欢她，2月11日这天，她把自己的零食也给老奶奶送了一份，两盒酸奶、几个橙子和苹果，几袋手工熬制的阿胶。

她将零食麻利地摆放在老奶奶的桌子上。老奶奶非常开心，握住宋薇的手，叮嘱她："你们对我太好了，我很感激。你们也要保重身体，下班以后，你们把手好好洗一下，消消毒，希望你们都健健康康、平平安安。你们的身体健康了，我们才有救啊！"

宋薇笑着说："我们最大的愿望就是将你们治愈。"

（原载2020年2月13日《银川日报》3版　沈亚婷）

孤身驾车为武汉医护人员运送爱心苹果

西吉农民杨荣荣的“逆行”之路

杨荣荣是位朴实的农民，更是位重情重义的汉子。几年前，他的妻子和外甥先后患病住院，得到了医护人员的悉心救治和爱心捐助，从此在他的心中种下了感恩的种子。新冠肺炎疫情发生后，得知甘肃省静宁县要为武汉地区捐赠的苹果需要货车运送的消息，他立即报了名，毅然开着大货车载着20吨苹果向武汉“逆行”。

一个人，一辆车，上千公里行程，他都经历了什么？

独自一人，驾车“逆行”

杨荣荣今年40岁，西吉县新营乡红庄村人，是有21年驾龄的老司机。

“每年宁夏的新鲜蔬菜上市，我就往四川、河南拉菜。到了冬天，又从云南等地往宁夏拉香蕉啥的。一年365天，我有近300天在车上。”杨荣荣说这便是他的日常生活。

新冠肺炎疫情发生后，杨荣荣希望能加入向武汉运送物资的队伍，但没有被选上，这让他很不甘心。他仍在等待机会，并在朋友圈发布了消息：“有去武汉的物资需要运送，随时给我打电话，我随时出发。”

2月中旬，杨荣荣从网上看到一条消息，甘肃省静宁县要给武汉捐赠苹果，需要志愿者司机，他立即报了名。2月18日晚，他接到活动负责人的电话，对方问他是否考虑好了，因为毕竟是往疫情最严重的地区送货，杨荣荣给了对方肯定的答复。

19日，20吨苹果在静宁装车完毕，17时左右，杨荣荣独自一人驾车驶向武汉，车上带着妻子烙的4个大饼、2箱方便面、2箱矿泉水。

两次爆胎，有惊无险

按照正常情况估算，大约行驶30个小时，杨荣荣就能完成运送任务。可是他的货车在途中两次爆胎，虽然有惊无险，却延迟了18个小时。

第一次爆胎发生在20日19时左右。“当时车正跑在湖北省荆州市境内的高速公路上，只听‘嘭’的一声响，我心想‘哎呀，肯定是轮胎爆了’，就慢慢减速，开进了服务区。”到了服务区，当地高速交警为他联系了流动补胎服务。

第二次爆胎发生在21日，当时货车行驶到了距离武汉高速路收费站50多公里的地方。杨荣荣停车后站在路边拦车。“时间耽误不起，迟一点的话工作人员就下班了，就只能由医护人员卸货了，他们那么累，哪有力气嘛。”杨荣荣心急如焚。幸运的是，一辆河北牌照的货车停下了，杨荣荣向司机购买了备胎安装在自己车上。“兄弟，武汉你也敢进？”这位司机拍着杨荣荣的肩膀问。“我的家人受过医护人员的恩情，我想完成报恩的心愿！”杨荣荣坚定地说。

21日17时，载着20吨苹果的货车终于停在了武汉大学人民医院东院的大楼前。接待杨荣荣的是李兰娟院士团队中的两位博士和一位他没能记住姓名的院长。看着眼前这个千里迢迢送来爱心苹果的宁夏兄弟，他们表达了由衷的感谢，并送给他一些食物。“他们的感谢，抵过千金！”杨荣荣激动地说。

苹果终于送到了，杨荣荣一路上悬着的心终于放下了。他将车停在武汉高速路服务区，好好地睡了一觉。22日10时，他踏上了回家的路。

难忘恩情，尽微薄之力

杨荣荣始终忘不了医务人员曾经给予家人的恩情。

2015年，杨荣荣的妻子在地里干活时突发血管破裂，情况特别危急。杨荣荣怀揣着凑来的3.5万元，带着妻子到西安西京医院救治。“光手术费就得6万多，这是我们这个家庭承担不起的。就在我们走投无路时，主治大夫帮我们申请，减免了好多费用。在住院的十几天里，那里的医护人员没少帮助我们，是他们救了我妻子的性命。”

2017年，杨荣荣二姐的孩子得了白血病。孩子在宁医大总院接受检查后，主治大夫帮忙联系了北京的医院。“医护人员知道我们家庭困难，就发动大家捐款，短时间内就筹到了十多万元。孩子在北京的医院接受了治疗后康复了。”

两位亲人的生命都是医护人员挽救的，杨荣荣想着一定要报答医护人员。

“送苹果这件事，家人都很支持我。报恩，是我们全家人的想法。我们能力有限，不能为他们做更多的事，只有这辆车还能派上用场。现在我把爱心苹果平安送到了一线医护人员手中，总算尽了我和家人的一点微薄之力！”杨荣荣说。

（原载2020年2月24日《新消息报》8版　黄　英）

童心有爱千里传情　天使动容隔空喊话

海原9岁男孩马云虎心系武汉捐出零花钱

“警察叔叔，这是我攒的所有零花钱，我想把它捐给武汉大学人民医院的医生和护士，他们太辛苦了。”

2月9日下午，一名小男孩手里捏着80.3元，来到了中卫市海原县公安局城关派出所，把它交到了值班民警马晓军的手里。

这名小男孩名叫马云虎，今年9岁，就读于海原县第三小学。这段时间他从家人和老师等处得知，最近发生了新冠肺炎疫情，而且疫情防控形势严峻，尤其是湖北武汉的医护人员非常辛苦。经过考虑并征得父母同意后，马云虎把自己平时存下的零花钱全部拿了出来，1角、5角、1元、10元、20元……一共80.3元。由于没有其他途径能将钱捐给湖北省人民医院，他在母亲金海霞的带领下，将零花钱交给城关派出所。

当马晓军问马云虎为什么把钱交给城关派出所的时候，孩子的一番话，感动了派出所值班室里的所有人：“老师告诉过我们，警察叔叔是保护我们安全的，是最值得信赖的人，所以我要把钱交给警察叔叔，希望能通过你们把钱交给武汉大学人民医院的医生和护士。”

“孩子的举动让人震撼，说实话，我当时非常感动。我们一定不会辜负孩子的一片心意，会通过正规渠道把这笔爱心捐款捐赠给武汉大学人民医院。”马晓军说。

2月9日下午，马晓军通过武汉大学人民医院发布的接受社会捐赠公告，将马云虎小朋友的捐款通过微信捐赠渠道及时捐了出去。

武汉大学人民医院的工作人员收到马云虎的捐款后非常感动，发文说：“感谢你，马云虎小朋友！虽然隔着口罩我们看不清你的样子，但武汉大学人民医院的叔叔和阿姨们已经将你记在心里，我们一定更加努力，争取早日打败疫情。等我们打败了疫情，邀请你来武汉吃热干面！”

（原载2020年2月11日《中卫日报》1版　冯博睿）

七旬老党员携子女捐款11万元助力疫情防控

“党关爱我这么多年，现在国家有困难，作为党员，我也要出份力。我和子女共捐款11万元，请组织安排，把它用在疫情防控一线。”2月10日上午，一位老人在子女的陪同下，来到石嘴山市大武口区长兴街道办事处兴民村，将11万元递到兴民村党委书记杨元壮的手中。

这名老人名叫范万章，今年77岁，是土生土长的兴民村人。这次新冠肺炎疫情发生后，范万章看在眼里，急在心里，每天通过电视、广播、手机等渠道了解疫情相关信息，每当看到奋战在疫情防控一线的医护人员时，他就觉得非常心疼。

作为一名老党员，虽然年纪大了，但范万章一直在琢磨着自己能为这次疫情防控做些什么。于是，一个朴实的念头涌上范万章心头：

捐点钱表达一下自己的心意吧！范万章决定把多年积攒的5万元存款捐给政府。

范万章将这一想法告诉了子女。没想到，儿子范兴平和女儿范新云不仅支持他的决定，还主动提出也要捐款。“爸，我也早有捐款的想法了，我捐5万元。”“爸，我支持你，国家有难咱也得出把力，算我一份，我捐1万元。”

随后，在和大武口区长兴街道办事处取得联系后，范万章老人和儿子范兴平、女儿范新云一起来到兴民村，捐出了11万元。

是什么原因让这位老党员将积攒多年的存款捐赠出去呢？“一方有难，八方支援。是共产党让我们过上了幸福生活，现在国家遇到困难，我作为一名老党员，捐这点钱又算什么呢？”范万章说。

其实，这样的捐赠行为对范万章来说是一种常态。2003年“非典”、2008年汶川地震……每当国家面临危难之时，范万章总是携子女捐款、捐物，贡献自己的一份力量。

在2月7日，范万章还拿出1000元作为特殊党费交到村委会，希望为抗击疫情尽一份绵薄之力。“能够为党和政府做些事，我感到骄傲和自豪！”范万章说。

“不忘初心、牢记使命。老党员用实际行动表达对党最朴实的深情，给我们做出了表率。我们一定要团结一心，坚决打赢这场疫情防控阻击战。”杨元壮感慨地说。

在这特殊时刻，老党员用他的行动诠释了初心和使命。这样的温暖之举汇成暖流，在初春里温暖了整座城。

（原载2020年2月12日《石嘴山日报》1版　李　薇　马　燕）

拿出三年奖助学金助力疫情阻击战

固原一名高三学生匿名向武汉捐款1万元

2月21日下午，宁夏固原市出现暖心一幕，一名高三学生将自己高中期间获得的奖学金、助学金共1万元委托公安部门，捐给武汉抗击疫情，而他却连姓名和联系方式都没有留下。

“希望武汉快点好起来！这样我就能在高考之后，去看看这座坚强、可爱的城市和那里善良的人们。”上述的话语，正是这位不留名的学生留下的字条中的一句话。

当天下午，固原市开发区公安局的值班室民警正在做日常登记工作，突然跑进来一个人，往桌子上扔下一个信封和一张字条后迅速离开。民警打开信封，里面是一沓百元现金，便急忙跑出去追赶，只看到一个穿着校服的男生离去的背影。

看了桌上的字条，民警深受感动。这是一张从作业本上撕下的纸，上面只有短短百余字。

亲爱的警察叔叔：

我是固原五中的一位高三学生，这里面是我高中三年的奖学金、助学金，原本是我计划高考完之后上大学用的。虽然这些钱对于这次抗击疫情来说微不足道，但我仍希望您能帮我将它捐赠给正在武汉抗疫的人们。这也是我为武汉，为祖国所做的一份贡献。

希望武汉快点好起来！这样我就能在高考之后，去看看这座坚强、可爱的城市和善良的人们。

谢谢。

1万元对于一位即将面临高考的学生而言，是一笔不小的数目，同时也饱含着一位山城学子心系武汉的情谊。

据固原开发区公安局民警介绍，目前该局已和武汉方面进行对接，将尽快把这位同学的捐款捐赠到武汉抗击疫情的一线。

（原载宁夏新闻网　2020年2月22日　丁炜勇）

宁夏派出6批医疗队共785人紧急驰援湖北

国家疫情防控医疗救治组向宁夏发来感谢信

4月17日，自治区卫生健康委收到一封来自国务院应对新冠肺炎疫情联防联控机制（医疗救治组）的感谢信，对宁夏在新冠肺炎疫情防控和医疗救治工作中取得的成绩给予充分肯定。

新冠肺炎疫情发生后，为有效解决湖北省及武汉市新冠肺炎患者医疗救治供需矛盾，实现应收尽收、应治尽治，在中央应对疫情工作领导小组统一领导、统一指挥下，国家卫生健康委按照习近平总书记“安全有序、统筹协调、有力有效及时迅速”的调派要求，从全国各地抽调医护力量支援湖北医疗救治工作。宁夏举全区之力积极响应国家号召，陆续派出6批医疗队共785人紧急驰援湖北，并对湖北省襄阳市开展对口支援。在支援湖北的两个多月里，这6批医疗队的白衣战士们坚决服从大局，舍小家、顾大家，冲锋在前，严防疫情，敬佑生命，甘于奉献，用实际行动诠释了“生命重于泰山，疫情就是命令，防控就是责任”。在他们与全国成千上万名援湖北医疗队队员的共同努力下，湖北省及武汉市的确诊病例一天天减少，全力提高了当地的收治率、治愈率，降低了感染率、病亡率，疫情逐步得到有效控制。

感谢信中表示：“宁夏积极响应、主动担当，在做好本区新冠肺炎疫情应对工作的同时，闻令而动，第一时间按要求高质高效组派医疗队伍；精锐尽出，坚决派出最强的医疗力量和医护团队慷慨解囊，捐赠大量当地急需的医疗物资和生活物资，为保护人民群众身体健康和生命安全做出了重大贡献。你区医疗队全体队员义无反顾、冲锋在前，既精于医术，又心怀大爱，坚决在防控新冠肺炎疫情的大考中修医德、行仁术，弘扬敬佑生命、救死扶伤、甘于奉献、大爱无疆的崇高精神，用实际行动展现了新时代医务工作者的良好形象和爱国情怀。在此，谨对你区及国家医疗队全体队员的勇敢‘逆行’和无私奉献表示衷心感谢！希望你区认真落实习近平总书记重要指示精神，慎终如始，善做善成，一方面继续做实做细做好新冠肺炎疫情防控工作，一方面统筹兼顾日常医疗服务保障，全方位满足人民群众基本就医需求。希望全体医务人员不忘初心、牢记使命，继续在救死扶伤的岗位上拼搏奋战，为人民群众的身心健康保驾护航。”

（原载2020年4月21日《宁夏日报》1版　尚陵彬）

第三部分 | 众志成城

宁夏与新冠肺炎疫情赛跑

——疫情防控中挺立的宁夏精神群像

谁也不知道2020年会以这样特别的方式到来。

记忆里，我们从未经历过这样的春节，千家万户关门闭户，城市街道冷静寂寥，人与人的距离从未如此遥远，挥不去的乌云凝聚在心头……

2020年春节，新冠肺炎疫情猝然席卷神州，打乱了归家的脚步、团聚的脚步、生活的脚步……

1月22日，国家卫生健康委确认宁夏首例输入性确诊病例。此后，每一天的确诊数字都在变化，截至2月10日24时，宁夏已有确诊病例53例，疑似病例33例。数字的刷新既是对已有防线的一次次考验，也在实践中检验着全区上下的应急能力。

看，疫情猝然发生，防控井然有序

自治区党委、政府果断决策、紧急部署，指挥机构高效运转。

围绕“防、控、治、保”各个环节，全区上下一盘棋、一条心，全面动员、全面部署、全面加强，闻令而动、雷厉风行，第一时间响应，第一时间行动，每天都有新部署、每天都有新举措、每天都有新进展，疫情防控工作有力、有序、有效。

自治区党委、政府主要领导率先垂范、靠前指挥，深入一线明察暗访、督导工作。自治区党委书记、自治区党委应对新冠肺炎疫情工作领导小组组长陈润儿视频连线集中救治确诊患者的自治区第四人民医院的医护人员，那一声“大家辛苦了”暖人心田！连日来，陈润儿先后7次深入基层一线实地查验、随机暗访，对疫情防控作出安排部署。自治区党委副书记、自治区主席、自治区应对新冠肺炎疫情工作指挥部指挥长咸辉随机暗访、督导检查疫情防控和复工复产工作。

自治区应对新冠肺炎疫情工作指挥部每天调度，连续发布6期指挥部公告和4期指挥部办公室公告，召开三场新闻发布会回应社会关切，印发《新型冠状病毒感染的肺炎公众防护指南》4.2万册。

各部门、各行业众志成城、守望相助，落实最严密的疫情排查、最有力的阻断隔离、最有效的医疗救治、最及时的物资保障，阻止新冠肺炎疫情的“作战图”在宁夏大地迅速铺开。

卫生防疫部门当好“先锋”全力展开救援，财政部门保障疫情防控资金，农业农村部门关注“米袋子”“菜篮子”，市场监督部门强化市场监管，商务部门保证商品供应，林业部门开展打击非法经营野生动物专项行动……上下动员、集体联动，编织起横到边、纵到底、全覆盖的疫情防控网络。

快，上下一心紧急动员

披星戴月，寒露沾衣。

疫情形势变化很快，每一分钟都不敢懈怠，每个环节都极其关键。

启动重大突发公共卫生事件 I 级响应；启动应急机制；启动保障机制；调拨保障物资……一个个时间刻度，清晰地记录下宁夏对生命的尊重、对人民的责任。

到处是党员奋战疫情防控一线的身影。“我是党员，我上！”“我是党员，让我来！”通过一个个坚守者的身影，我们看到了理想信念、初心如磐、使命在肩。

先锋引领，全民参与，普通民众和志愿者们争先恐后，积极投身抗疫一线，透过一个个奉献者的身姿，我们看到了责任与担当。

在各个医院，医护人员纷纷在《请愿书》上签下姓名、按上手印，誓与疫情抗争到底；在各个社区，志愿者们经过集中培训后，毅然走上战斗岗位；在各个村落，村民自觉抵制聚会，避免走亲访友。

与时间赛跑，在机场，在车站，在高速公路入口……做登记、测体温、严消毒，用严谨和担当织成一张巨大的“防护网”。

与时间赛跑，在广袤的农村，平时不起眼的“村村响”喇叭及时发声，一句句、一声声接地气的乡音，让防控措施“声”入人心。

与时间赛跑，在街道社区，以一个个小网格为基础，网格员上门走访、摸排信息。

与时间赛跑，自治区第四人民医院综合防治楼拔地而起，千余名工人“两班倒”24小时施工，15天完成三个月的工作量。

与时间赛跑，宁夏各大医院迅速抽调精兵强将，成立宁夏专家诊疗组“挺”进自治区第四人民医院，对确诊病例和疑似病例精心施治，治愈率在全国各省（区）、市中排名靠前。

爱比病毒离我们更近

病毒无情，人间有爱。

在这场没有硝烟的疫情防控阻击战中，无数的人逆行而上，无数的人毅然前行。

我们看到了许多医护人员主动请缨到一线工作、“不计报酬、不计生死”的最美“逆行”，看到了宁夏赴湖北医疗救援队队员递交入党申请书的铮铮誓言，看到了4岁孩子隔着手机屏幕，叮嘱护士妈妈保重身体的感人一幕，看到了不少夫妻把父母、孩子托付给他人，全身心投入疫情防控工作的暖心故事，看到了许多爱心人士无私的人间大爱。

这是一场全民大动员。东南西北、男女老幼，大家守望相助、默默奉献，每个人都在用自己的方式构筑抗击疫情的“堤坝”。

1月28日下午，宁夏第一批援湖北医疗队从银川出发。出发前，他们一起振臂高喊：“中国加油，武汉加油，我们来了！”1月29日0时30分，医疗队抵达目的地湖北省襄阳市开展救援工作。

1月29日，固原市4名货车司机主动请缨，将武汉雷神山医院建院所需的救援物资从长沙顺利送达武汉。

2月4日晚，我区国家紧急医学救援队和专业护理医疗队共138名医护人员奔赴湖北救援一线。

2月10日下午，20车550吨宁夏物资从固原市出发，火速驰援湖北。宁夏的大米、蔬菜从各个县区紧急调配。一方有难、八方支援，我们都有一个家，名字叫中国。

点点滴滴、时时刻刻，虽然疫情在空间上让我们保持了距离，却在心灵上让我们贴得更近了。

暖，冰雪消融处萌动春之声

万众一心，众志成城。

一个地区的精神力量，是一路成长的不断积淀，绵延不绝；也是紧急关头面对重大事件的突然发力，久久为功。

“历尽天华成此景，人间万事出艰辛。”抗击新冠肺炎疫情，在不屈中挺立起宁夏精神的群像，这种精神是凝聚力，聚沙成塔、积少成多；这种精神是生命力，静水流深、不绝如缕；这种精神是向心力，鼓足干劲、决不退缩。

站在防控一线的基层干部群众和志愿者们有担当，无私无畏奋战在疫情一线的白衣战士有担当，保持平常心态、积极做好防护的普通市民也有担当。坚守岗位、尽职敬业是担当，暂时隔离、配合防治也是担当；奉献爱心、慷慨援助是担当，关闭门店、自我防护也是担当。

共克时艰的担当，汇聚起风雨同舟、生死与共的磅礴力量！

世间万条路，总有一条路是回家路、团圆路。世间万种祝福，总有一种祝福是平安、健康。

“莫听穿林打叶声，何妨吟啸且徐行。”此刻，我们在一起，与小家、与大家、与国家休戚与共、息息相关。此刻，我们在一起，是一棵树摇动另一棵树、一朵云推动另一朵云、一滴水融入另一滴水。此刻，我们在一起，无数的光影汇聚，就能照亮整个国家的未来。

贺兰山下，黄河两岸，已经萌动着冰雪消融的春之声。冬天必将远去，春天正向我们走来……

（原载2020年2月21日《宁夏日报》1版　李东梅　田　丽　毛文静）

夜访隔离病区

——在自治区第四人民医院亲历战“疫”

连日来，宁夏治愈出院的新冠肺炎患者日渐增多，一个个好消息接踵而至。这一切都离不开疫情救治最前线医务人员无惧生死的付出。

2月22日，经自治区第四人民医院同意，本报记者进入隔离病区采访，亲身体验了穿脱防护服的全过程，也目睹了医护人员在最危险的地方开展工作的全过程。

2月22日

穿上这身“大白”套装，先要接受培训考

进入隔离病区，必须全副武装。

很多人喜欢将防护服称为“大白”，因为这身连体防护服穿上身后，从头到脚都是白色的。

2月22日早上，在进入隔离病区前，自治区第四人民医院党委书记赵晓专门安排院感部门副主任护师朱月珍，对记者进行严格的穿脱防护服培训。

“必须学会穿脱防护服，考核合格才能进入隔离病区。这是最基本的条件，也是硬杠杠！”

“保证完成任务！”

早上8时30分，培训开始了。

“穿脱防护服的要点是：要时刻记住，防护是第一位的！这身衣服是为了保护自己避免暴露在污染环境里，所以，全身上下所有的皮肤都必须包裹在防护服中。”朱月珍说。

“女士的头发必须全部束起来，方便包裹在手术帽中，不能有头发暴露在帽子外面。”

“戴乳胶手套之前，先要检查手套是否有破损，给手套的5根手指吹气，如果发现鼓不起来，就说明手套有破损，起不到防护作用，必须更换新的手套。”

“佩戴N95口罩，必须和自己的脸严丝合缝，戴上后使劲呼气、吸气，如果发现口罩边缘漏气，说明口罩佩戴不规范。”

“防护服是连体的，要注意不要把衣服的任何一角拖在地上，那样就受到污染了。”

2月22日

穿上防护服半个小时后，我的头开始疼

今天晚上，任务来了。

“今晚会有康复患者捐赠的血浆送到医院负压病房来，这是宁夏首次针对新冠肺炎患者实施‘血浆治疗’方法，是具有重要意义的一刻，请记者协助我们记录下这个工作流程。您准备好了吗？”自治区第四人民医院宣教科科长王晓炜说。

“准备好了！”我说。

今晚23时，在医院工作人员的陪同下，我们走进收治新冠肺炎患者的3号楼。

“这扇玻璃门后面就是隔离病区。非常时期，为了保证病区不污染外界，我们将这扇门用塑料胶带严严实实地封了好几遍。”

“进入隔离病区有严格的流程，每一条通道的标准操作流程是什么，都有严格规定。”工作人员说。

来到医护人员更衣室，在护理部副主任顾春娥、外勤护士长司彦玲的监督和帮助下，我开始穿戴防护装备。

先做好个人清洁，去除身上的所有物品，穿上医护人员专用工作服，再开始穿戴防护服。

“穿防护服的顺序是从头到脚：先整理好头发，戴好帽子，再戴口罩，保证防护口罩的系带固定在帽子上面；接着穿衣服；最后穿鞋套。”

“防护服一定要把全身都包裹起来，脖子也不能露出来。”顾春娥说。

虽然记者接受过严格培训，但实战操作时，难免紧张，每一个环节都进行得很慢。

“别紧张，按照我们的要求穿戴防护用品就不会有问题。”司彦玲说。

十几分钟后，全套防护服穿戴整齐：头上戴了两顶手术帽；脸上是两层口罩，里层是N95医用防护口罩，外层是医用外科口罩；口罩上面是护目镜，护目镜上面是防护面屏；身上穿了一层防护服，又在外面加了一层蓝色隔离衣；手上是两层乳胶手套，一层手套套在防护服袖子上，另一层手套套在隔离衣袖子上；脚上是一层靴套外加两层鞋套。

我们此次进入的目的地是污染区，按规定需要进行三级防护。

“如果有人手上有伤口，可以加戴一层乳胶手套。”司彦玲说。

此时，我已经感到呼吸有点困难，两层防护口罩紧紧地压在脸上，连张口说话、甚至做个面部表情都有点困难。

戴上护目镜和防护面屏后，视野不像平时那般开阔。眼睛有点痒，但是不能揉，只得任由眼泪从眼里流出来；不一会儿，口罩里呼出的热气就让护目镜和防护面屏起雾了，眼前白茫茫一片。司彦玲帮我擦干净护目镜和防护面屏，在镜片和面屏上面各涂抹了一层洗手液。“这样就不容易起雾了。”她说。

此刻，需要送到病房的血浆还在检验科进行交叉配血试验。

交接夜班的医生、护士开始陆陆续续来到更衣室，更换防护服，准备进入病房工作。

我们在一旁等待呼叫。

半个小时后，我感到脸颊有点疼，头也开始有点疼。

“可能是口罩系得太紧了，边缘的密封条压迫到脸上的血管神经，导致了各种不舒服。不过系紧才能有效防护，这一点必须要克服！”顾春娥说，有些医护人员初次穿防护服不适应，还发生过晕倒、呕吐等现象。

穿着防护服什么也不干，仅仅半个小时就这么难受。而在一线救治病人的医护人员每天都要穿戴成这样，在隔离病区里持续工作4至6小时，有时还要更久。可想而知，他们穿着这样的装备开展工作，该有多么辛苦。

2月23日凌晨1：30

负压病房里忙碌的“蓝精灵”

“血浆来了，请下楼接一下。”2月23日凌晨1时30分，司彦玲的对讲机响起。

司彦玲立即下楼，端着装有血浆袋的转运盒，一路快速送到了潜在污染区门口。

“我们只能把东西放在潜在污染区门外的缓冲间。为了减少潜在污染区的空气流动带来的潜在污染，两道门不能同时打开。关上这边的门后，再用对讲机呼叫里面的护士，通知她们开门取血浆。”说着，司彦玲对着对讲机呼叫：“杨波、杨波，收到请回复，请到门口取血浆！”

“收到、收到！”对讲机里传来了回应。

等候在潜在污染区护士站的护士长杨波听见后，立刻到入口处取走了血浆。随后，我们也进入了潜在污染区。

推开缓冲间的门，首先看到的是潜在污染区的护士站。在这个区域的医护人员都是二级防护，只需穿一层白色防护服，戴一层N95口罩、一个护目镜、一层手套，穿一层鞋套、一层靴套即可。

此刻，杨波端着血浆转运盒推开了护士站对面一个小房间的门，把血浆放在门口的桌子上，然后迅速走出关上门。

“那是潜在污染区和污染区之间的一个缓冲区。里面会有专门的护士取走血浆，送进负压病房。”一名工作人员说。

“专门的护士是指什么？”我问。

这名工作人员进一步介绍，进入污染区的护士需要做三级防护，他们不能走到潜在污染区。而缓冲区就是潜在污染区和污染区中间的过渡地带。和清洁区与潜在污染区之间的缓冲区类似，接送物品时只能先打开进口的门放下东西，再由专人取了东西从出口走出。缓冲区取物是单向通行，里面的人和物品都是只进不出的。

说话间，提前等候在缓冲区的顾春娥已取上血浆，进行查对后，从缓冲区的另一道门送往负压病房。

就在顾春娥赶往病房的同时，我们也从潜在污染区的走廊进入了污染区，即确诊患者病房所在的区域。

此刻已是深夜。走廊里灯光幽暗，病房的门都紧闭着，患者们正在休息。只有走廊尽头负压病房所在的区域灯火通明。

凌晨1时45分，负压病房外，2名护士正在对血浆进行“三查八对”。

“患者姓名？”“苏某某。”“血型？”“AB型。”“血浆编号？”……

经过3遍核对，确认准确无误后，护士端起输液器和血浆，走进负压病房。

“对于每一项治疗，我们都要严格执行‘三查七对’流程，输注血液制品要进行‘三查八对’，确保对患者的输液、治疗准确无误。”顾春娥说。

血浆核对无误后，紧接着，医护人员共同进入负压病房，对患者实施治疗。

所谓负压病房，即病房内的气压低于室外气压，确保病房内被患者污染过的空气不会泄漏出去。

虽然经过多次采访，听医生描述过负压病房的功能、特征，但第一次来到这里，我还是被其独特的装置所吸引：病房门口安装着一个气压表，表上显示：此刻室内气压为负压10帕。气压表上方有一个标签，上面写着“阳性”，提示医护人员，里面的区域正处于高度污染状态。

医护人员触碰自动门的感应踏板，进入负压病房的缓冲间，等待自动门关闭后，才能打开第二道门进入病房。

隔着负压病房缓冲间的玻璃窗，我可以看到里面的情形：病床上躺着的是位年长的危重症患者，脸上戴着呼吸面罩。但从一旁的仪器显示来看，患者的心率、呼吸、血氧指数都比较平稳。

“阿姨，先给您少量输点盐水冲管，随后给您输入的是血浆。”

“这是康复患者捐献的血浆，里面有抗体，可以帮您更好地抵抗新冠肺炎病毒。”一位护士说。

在护士操作的过程中，专家们紧张地查看患者的气色、生命体征监测仪，以防出现突发状况。

半个小时后，专家从病房里走出，到另一间负压病房。

时钟嘀嘀嗒嗒，只见一群身穿蓝色隔离衣的人在忙碌。我无法看清每个人的面部，但从隔离衣上写着的名字能够依稀辨别出，此刻在负压病房里的，有自治区诊疗专家组组长周玮、自治区诊疗专家组成员王晓麒，还有自治区第四人民医院的医护人员。

2月23日凌晨4：00

走出隔离区：脱比穿更难

转眼已是2月23日凌晨4时。

拍摄的间隙，记者看到病房外门口的方凳上，有位医生疲惫地坐在上面打盹。发觉记者拍照，医生抬起头来，原来是自治区诊疗专家组组长周玮。

拍摄完，记者随顾春娥向隔离病区外走。

“出隔离病区也有严格的流程。不能随意走动。按照污染程度，每到一个区域，脱掉一层防护装备。现在，我们先到一脱区域，脱掉最外面蓝色的隔离衣。”顾春娥告诉记者，我们身上穿的防护装备最难的不是穿，而是脱。

“穿的时候，所有的装备都是清洁的，按照流程可以尽快穿戴整齐。但在脱的时候，你已经在污染区域待过，那么你必须得时刻提醒自己，全身上下都已经被污染了，每脱一样东西，都要注意，只能接触外层，不能污染里层。绝对不能抱有侥幸心理！”

和穿防护服的顺序相反，脱的时候，先脱掉鞋套，再依次脱防护面屏、外层口罩、外层帽子、隔离衣和手套。

脱隔离衣的流程里还有一个至关重要的程序：洗手。脱之前先洗手，然后每脱掉一样装备，必须洗一遍手。

洗手用消毒凝胶，采取“七步洗手法”。

经验丰富的老护士把洗手的7个步骤总结成“内、外、夹、弓、大、立、腕”七字诀。

“因为脱的过程中都是用手去接触污染过的外层防护设备，所以一定要每脱一次洗一次手，才能降低感染风险。”

一脱区顺利结束。此时的我和顾春娥从“蓝精灵”变成了“大白”。

进入二脱区之前，顾春娥提醒我们，要把拍摄器材全部放入消毒液中浸泡消毒。

“必须浸泡半个小时以上,才能达到杀菌消毒的效果。”顾春娥说。事实上，除了这次专门拍摄，通常情况下，进入污染区的所有物品都不得带出。

在二脱区，按照从上往下的顺序脱。在这个环节里，最难的是脱掉连体防护服。

“手指绝对不能接触到衣服里面，所以要边脱边把衣服卷起来。”

一身连体服，反手边脱边卷，的确是个技术活。

“不要着急，慢慢脱。先脱帽子，再反手抓住帽子，慢慢往下扯，边拉边往下卷，把两只手都卷在里面。注意防护重点！”顾春娥在一旁提醒我。

好在经过了专业培训，此刻虽然紧张，但不至于乱成一团。

经过几分钟的努力，终于将防护服顺利脱下，防护服被卷成一团，最后和手套、靴套一并卷着脱掉，放到医疗废物垃圾箱。

接着，洗手，摘护目镜，洗手，脱鞋套，洗手，摘口罩，洗手，摘帽子，洗手……粗略估计，一脱、二脱程序全部做完，需要反复洗手十二三次。

“还不错，整体流程没有大的失误，细节上仍应再慢一些，防止气流扰动，引起气溶胶传播。”顾春娥在一旁说。

最后一步，洗澡。按照规定，必须流水冲洗30分钟，换干净衣物后，再按照规定路线走到清洁区。这才算完成走出隔离病区的全部流程。

走出隔离病区时，已是凌晨5时。听到更衣室护士说患者体征平稳，专家们舒了一口气。

王晓炜说，平时病房用血浆，从采集到临床使用，至少要花费3天时间。这次，从新冠肺炎康复者积极捐赠血浆，到血液中心检测，再到医院临床治疗，各级医疗单位通力合作，全程开通绿色通道，仅仅用了不到12个小时。

“现在病房里的患者已经不多了，不知什么时候能全部出院呢？”记者问王晓炜。

“快了，胜利在望！”他说。

抬头看，此刻漫天星斗，黎明即将到来。

（原载2020年2月27日《宁夏日报》4版　尚陵彬）

记者手记：

进入隔离区采访是一种什么体验

在宁夏抗疫最前线，在自治区第四人民医院隔离病区，那些用血肉之躯为我们挡住未知凶险的人们，究竟在以怎样的状态日夜战斗？

我想，作为记者，对他们最好的致敬，就是亲眼去看看他们工作的样子，用最真实的感触去记录这些最可爱的人。然后，把我的所见所闻所感，讲给我的孩子、我的亲人、我的朋友，和无数被恐惧和悲伤笼罩的人们，让大家知道，疾病并不可怕，我们终将战胜疫情！

在这个被称为宁夏疫情救治最前沿的“战场”上，在这个人们闻风色变的“红区”里，我没有见到一个人是逃避退缩的，他们的眼眸里燃烧着烈火，勇敢又坚定地冲在前面。

进入隔离病区后，让我深有感触的是：勇者并非生而无畏，不怕苦不怕死，或许值得歌颂，但不是我们唯一的支撑。

面对看不见的敌人，面对看似可怕的病魔，智慧的大脑、严谨的工作、认真的态度，会让我们信心百倍。

采访中，护士长反复提醒我，要做好“手消”，运用“七步洗手法”，但凡感觉到自己接触了污染物，都要认认真真仔仔细细地洗手。这件在平日里并不怎么受人关注的小事，在这里成了至关重要的大事。把这件小事做到极致、做成习惯，就拥有了保护自己的力量。

此刻，我的内心是踏实的。进入“红区”前的紧张、担心、害怕，都变成了自信和笃定。

所以，你若问我，进入隔离病区采访是一种什么样的感受？我想说，一切恐惧源于未知，面对病魔，驱使我们一往无前的，不只是一颗勇敢的心。

（原载2020年2月27日《宁夏日报》4版　尚陵彬）

宁夏首例确诊新型冠状病毒感染肺炎患者治愈出院

2月3日15时35分，经过自治区新型冠状病毒感染肺炎专家诊疗组和医护人员14天的精心诊治和护理，宁夏首例确诊的新型冠状病毒感染的肺炎患者治愈出院。这是新冠肺炎疫情发生以来，宁夏治愈的首位患者。

患者史某，今年29岁，宁夏人，在武汉工作，1月19日乘飞机抵达银川，当晚在自治区人民医院就诊后接受隔离治疗。经自治区疾病预防控制中心采样检测，发现患者的新型冠状病毒核酸检测呈阳性。1月22日，国家卫生健康委确认其为宁夏首例输入性新型冠状病毒感染的肺炎确诊病例。

该病例确诊后，自治区卫生健康委立即制订了诊疗方案，组织精干力量，按照诊疗规范对患者进行救治。1月25日，自治区卫生健康委按照“集中病例、集中专家、集中资源、集中救治”的原则，安排负压救护车将患者转运至自治区第四人民医院，同时从自治区各级医院抽调呼吸、重症科的权威专家，组成自治区专家诊疗组，驻扎自治区第四人民医院进行指导，精准施治。

经过14天的集中治疗，史某的体温恢复正常，呼吸道症状明显好转。1月31日，专家诊疗组对史某进行了复查，其呼吸道病原核酸检测呈阴性。间隔24小时后，再次对患者进行检查，核酸检测结果仍为阴性。专家诊疗组按照国家卫生健康委发布的最新版的《新型冠状病毒感染的肺炎诊疗方案》进行了分析评估，认为史某完全符合新冠肺炎治愈的标准，同意患者解除隔离，出院。

当日，自治区新型冠状病毒感染肺炎专家诊疗组副组长、宁夏医科大学总医院呼吸与危重症科主任郑西卫表示，宁夏首例确诊患者治愈出院，证明了宁夏在救治新冠肺炎方面的实力和水平。“目前大部分确诊患者的病情都在好转，在患者的积极配合下，专家诊疗组和全体医护人员全力以赴，积极救治。我们有信心、有能力战胜疫情。相信不久之后,会有更多患者治愈出院的好消息！”郑西卫说。

（原载2020年2月4日《宁夏日报》1版　尚陵彬　马　楠）

与时间赛跑 向疫情亮剑

——自治区第四人民医院传染病防治综合楼项目建设综述

2月3日，宁夏建工集团有限公司七分公司经理安玉鹏正与家人吃午饭，手机突然响了，公司管理人员在微信群紧急通知：自治区党委和政府作出重要决策部署，2月5日提前复工建设自治区第四人民医院传染病防治综合楼项目，所有工程须于2月20日建成投用！

“15天完成4栋楼的建设和装修，怎么可能？”从事建筑行业20年、曾参与宁夏国际会堂等重大项目设计施工的安玉鹏愣住了，半天没回过神来。

按照计划，该项目所有工程于5月31日竣工，此时4个单体建筑只完成了主体结构，许多项目尚未施工，个别项目需要变更或重新设计，有的项目甚至还未招标……工期紧张，人力物力交困，施工难度前所未有。

“不可能完成的任务”的背后，是自治区党委和政府坚持把人民群众的生命安全和身体健康放在第一位。坚持底线思维，早作部署，宁可让床等人，不能让人等床，坚决打赢疫情防控阻击战。

果断决策，吹响冲锋号

2月3日，自治区党委应对新冠肺炎疫情工作领导小组召开第2次会议，传达中央应对疫情工作领导小组《关于进一步加强当前疫情防控工作的通知》《关于做好春节后错峰返程加强疫情防控工作的通知》精神，安排部署新冠肺炎疫情防控工作。

生命重于泰山，人民利益高于一切！

这次会议上，自治区党委果断作出决策部署，要求抛弃速胜的幻想，坚定必胜的信心；消除失控的焦躁，保持可控的定力；克服消极情绪，保持积极进取。把形势估计得更严峻一些，把工作做得更扎实一些，从最坏处着想、向最好处努力，加快自治区第四人民医院扩建项目建设，从根本上提升我区传染病的救治能力和水平，防患于未然。

一声令下，吹响了建设自治区第四人民医院传染病防治综合楼项目的冲锋号。

2月3日20时，自治区政府分管领导带领住建厅、自治区卫生健康委、财政厅等部门单位相关负责人，实地查看项目建设进展，报请自治区党委和政府同意，成立工程建设领导小组，下设项目建设组、现场督导组、现场防疫组，全力推进项目建设。

在项目建设过程中，自治区党委、政府主要领导到现场指挥，协调采购、用工、电力保障、物资运输等问题，提振士气、激励斗志。

2月9日、2月17日，自治区党委书记、自治区党委应对新冠肺炎疫情工作领导小组组长陈润儿，自治区党委副书记、自治区主席、自治区应对新冠肺炎疫情工作指挥部指挥长咸辉分别到建设现场，详细了解存在的困难和问题，对奋战在一线的建设者和各部门单位表示感谢和问候。

自治区副主席、工程建设领导小组组长刘可为多次深入工地，召开现场办公会，协调解决项目建设中遇到的困难和问题。

自治区党委、政府的安排部署，很快传递到自治区住建厅、卫生健康委、发改委、财政厅、审计厅等单位，各部门各司其职、形成合力，不惜一切代价，保障项目顺利进行。

自治区住建厅、审计厅、公安厅等部门在项目审批、资金下拨等工作中“一路绿灯”，按照“特事特办、急事快办”的原则，主动配合开展工作。

自治区发改委加快项目设计变更，对原计划根据工程进度拨付的1980万元资金提前拨付。

自治区财政厅等部门对因劳务成本、材料成本增加等原因造成的超概算资金问题，快速研究解决。

银川市政府、西夏区政府开辟绿色通道，保障项目建设所需建筑材料、劳务人员及生活必需品运输畅通。

想病人之所想、急病人之所急。当动员令发起，我们直面风险和挑战，越是艰险越向前！

为了胜利，任务再紧迫也要冲锋

情况紧急，时不待人。

2月3日21时，宁夏建设投资集团有限公司在施工现场召开专题会议，决定成立宁夏建投集团自治区第四人民医院传染病防治综合楼项目建设指挥部，下设工程管理、技术、后勤、物资保障等7个突击小组。

大批本已离开银川的人，放弃与家人团聚，火速返岗。

项目管理员王涛来不及带被热水烫伤的儿子去医院，简单给妻子安顿几句，匆匆赶到施工现场；家住西吉县平峰镇庙平村的韩耀武接到复工消息，第一时间挨家挨户做思想工作，带着32名工人连夜奔赴银川……

工地入口“场内已消毒，请大家自觉登记”的警示牌，提醒每一个前往工地的人：现在是非常时期。

让建投集团党委书记华光荣没有想到的是，2月4日凌晨1时，全集团500多名管理人员全部到岗，无一缺席！ 200多名工人到达现场，整装待命。

非常时期，必有非常措施。

这一夜，施工现场灯火通明。工人们通宵奋战，日出前，住院楼1.14万平方米的外钢管扣件、落地脚手架全部拆除，并完成了施工现场办公区、后院停车场的整平。

项目建设指挥部连夜重新设计图纸，制定时间进度表。同时，协调门窗、水暖管材、消防器材等工程材料的预订采购。

为提高效率，施工方打破常规，消防、喷淋、电气多个工种交叉作业。主体框架“四处漏风”，温度过低，材料凝固周期长，工序间隔长，严重影响施工进度。为提升施工场所温度，工人们烧起炭火，忍着空气中弥漫的浓烟，加班加点作业。

疫情就是命令。为了取得抗击疫情阻击战的胜利，各方不惜一切代价，不讲任何条件，克服一切艰难险阻，全力保证项目建设顺利进行。

多方赋能，火速推进项目建设

“按照原来的合同，我们承担54%的项目，如今所有项目由我们负责，需要的物料万千，涉及的工种上百，绝非一家单位孤军奋战能完成。”华光荣说。

大量工人返乡未归、材料厂家尚未完全开工、施工方案需重新制定……众多横亘在项目面前的“拦路虎”，考验各方的物资储备、调配调拨、设计施工、管理方法、技术建设等综合能力。

“办法总比困难多！”这是记者在施工现场采访时听到的最多的一句话。

缺人怎么办？自治区住建厅、建投集团等单位广发“英雄帖”，从全区各地动员工人，组织3000多人24小时两班倒。

工序间隔时间长，如何杜绝打乱仗、提高施工效率？宁夏城建设计院免费提供BIM技术，对楼体进行3D建模，有效避免错、碰、漏工程发生，极大缩短了施工时间。

疫情形势严峻，怎样做好防疫工作，确保零感染？自治区应对疫情工作指挥部调拨口罩、手套、酒精、消毒液等防护物资；自治区第四人民医院抽调10名医护人员，24小时保障施工人员的生命健康和安全。

国家电网派出一支由230名精兵强将组成的队伍，挖沟、埋管、放电缆、安装，全力保障工地高负荷用电；派出一支突击队，身着防护服，深入自治区第四人民医院内部施工作业，连通传染病防治综合楼的电路。

宁夏鹏晨建设有限公司、宁夏汇达建设工程有限公司等爱心企业捐来八宝粥、纯牛奶、火腿肠、电暖气、西红柿等物资……

号令既出，多方赋能！各单位协同作战，发扬吃苦耐劳、战天斗地的精神，火速推进项目建设，全力确保安全生产零事故、防疫工作零感染、质量工作完全受控。

项目施工中最大的问题莫过于材料紧缺。20%的材料需要从外地紧急订购，但各地设卡检查，无法保证短时间内到货。为此，自治区公安厅紧急调配警力，全力保障物资运输。

担任保障任务的自治区公安厅交管局副局长吴铁军，带领3名民警、协警，于2月5日13时30分从银川出发。

用饼子、泡面充饥，风雪兼程1200多公里，2月6日凌晨1时，他们顺利到达山东省淄博市。

24小时后，3辆装有120吨生产外墙ET板的半挂车从淄博市启程，赶赴宁夏。

2月7日17时，在吴铁军和同事的“护送”下，外墙ET板顺利到达工地。

结束历时3天的全速战斗，吴铁军和同事们圆满完成任务，进入隔离观察。

全员决战，与时间赛跑

工地上，人人忙碌、机器轰鸣。3000多名工人将使命记在心中、把责任扛在肩上，以血肉之躯为项目筑起一道“铜墙铁壁”；以时不我待、只争朝夕的精神，书写一个又一个感人故事。

30岁出头的项目经理刘涛，身材魁梧，却脸色发黑、气喘吁吁。3年前，刘涛被查出肾衰竭。

1月22日，看到某医院第二批志愿者报名满员的新闻，刘涛在朋友圈感慨：“如果需要，我也会这样做。立此为证。”

誓言很快成真！2月3日，刘涛看到工作群里复工的通知，当即给安玉鹏发微信：“我在银川，一个小时后到工地！”

“你别逞强，在家好好养病。”

“关键时刻，我不能掉队！”

每天忙得只睡四五个小时，用餐不断被电话和各种事宜打断，一顿饭得吃六七次。如此高强度的工作，刘涛却乐此不疲：“2017年，医生判定我能活3年。今年是2020年了，即使离开，也要离开得有意义些。”

“90后”招标员白杨和丈夫马英杰同在一个工地，每天却极少碰面。

白杨每天拨打上百个电话，负责核对合同注意事项，与供货商协商具体事宜。采购经理马英杰则开车四处“巡街”，联系为数不多的营业中的商店、五金店，采购各类物资。

进驻工地的第二天，白杨“狠心”给10个月大的宝宝断奶。

工作场地紧挨着新冠肺炎医疗救治定点医院，工作的第3天，为了家人的健康着想，白杨把孩子和公婆送到朋友家。

“我遇到任何困难都能克服，但不能让他们跟着受苦。”白杨说。

为了“抢”材料、保障水电，住院楼三层项目管理员刘海刚没少和同事吵架。事后，耿直善良的他又逐个道歉。

“心里焦躁、着急啊！”进入工地后，刘海刚就进入了“战时状态”，连日的劳作让他十分疲惫，就连小憩一会儿都能梦见赶工期。

连续超负荷工作，刘海刚的嗓子沙哑得几乎说不出话来。一天，住院楼三层又断电了，他扯着嗓子，拨打近百个电话，协调各单位抢修电路。

“关键时刻，党员要冲锋在一线。”2月7日，建投集团举行“党员突击队”和“青年突击队”宣誓授旗仪式，动员243名党员突击队队员和256名青年突击队队员发扬“特别能吃苦、特别能战斗、特别能奉献”的精神，冲锋在前，率先垂范，确保项目保质保量如期交工。

2月5日，屋面周转材料、现场垃圾和临设拆除清运工作全部完成，各楼层四周封闭及临边防护完成，各项工作全面展开。

2月9日，门诊楼内墙抹灰完成85%，窗户全部完成安装。

2月12日，住院楼地坪完成85%，给排水立管安装完成90%，采暖立管安装完成90%。

2月17日，屋顶消防水箱安装全部完成，固废回收间南侧水处理池设备吊装全部完成，2号电梯（东侧）轨道安装全部完成。

2月20日，项目经过验收，基本具备收治患者的条件。

宁夏速度，名副其实。在为期15天的建设工期中，各方团结一致、奋力作战、共克时艰，用每天都有大进展的喜人成绩，向党和人民交上了一份满意的答卷，也在宁夏建筑史上树立了一个高水平谋划、高标准建设、高效率推进的标杆工程！

（原载2020年2月21日《宁夏日报》1版　姜　璐　实习生　刘　婷）

5天时间，火速改造、火线上岗、火力全开

银川市临时急救医院：从无到有的奇迹

新冠肺炎疫情发生初期，银川市委应对新冠肺炎疫情防控工作领导小组及时研判疫情发展态势，认为聚集性疫情将成为银川市新冠肺炎疫情防控中的突出问题，需要将各个医院发热门诊筛查出来的疑似患者和密切接触者科学地管理起来，才能有效遏制疫情扩散。

具体怎么管？银川市在全区率先提出分层级管理理念：对于症状较重的疑似患者，送到定点医院集中救治；对于症状较轻、对技术力量、医疗设备和治疗环境要求不高的疑似患者，以及等待核酸检测结果的患者、高度密切接触者，实行集中隔离医学观察；对于无症状的密切接触者实行集中隔离观察。

在此方案的指导下，银川市决定启用原宁夏医科大学总医院胸科医院，在5天内将其改造并建设为银川市临时急救医院。同时将银川市妇幼保健院阅海分院产科楼的三层病区改造成收治新冠肺炎疑似儿童患者的隔离留观诊疗病区。二者共同承担银川市集中医学观察隔离点的职责。

5天时间，让一个除了建筑啥也没有的空壳医院运行起来，收治全银川的轻症、疑似患者和密切接触者。当雷静接到组织交给她的这个任务时，内心没有丝毫畏惧，而是被沉甸甸的责任感填满："请组织放心，我可以，保证完成任务。"

虽是临时医院，一切比照公立医院标准运行

雷静是银川市卫生健康委副主任，1月28日接到指令，当天她就赶到了银川市临时急救医院改建现场。这里空置了许久，地上的灰尘可以印出一串串清晰的脚印，除了建筑本身，啥都没有。

虽然是临时急救医院，临危受命担任院长的雷静却没有因为"临时"二字而降低对医院的要求，她带领医院领导班子认真研究，比照公立医院管理标准迅速科学安排。

改造分为两部分，一是完善硬件，要将住院部按照收治传染病患者的院感标准进行改造，病房里要有床、家具、被褥、各种必备的医疗设备，办公室要有柜子、桌椅、电脑和各种办公用品，职工宿舍要有床和生活用品，更少不了各种医疗设备和物资。大到一台CT设备，小到一张纸一支笔，缺什么都要现采购。另一部分则是软件建设，要有组织架构、管理制度、工作流程，等等。

大家迎难而上，克服各种困难，一边指挥工人检修、施工，一

边带领从各个市级医院抽调来的医务工作者为医院“搭架子”，迅速组建了行政管理部门、医务管理部、护理部，临床分病区管理部。同时建章立制，梳理制定各项管理制度61条、工作职责26项、工作流程15项，及时向各岗位职工传达隔离病人转运、医疗物资管理、门岗出入管理、健康监测管理、院内感染控制、医护人员住宿管理等各方面的细化要求，严格规范管理。

5天后的2月3日，银川市临时急救医院如期完成改造，启动运行，设单人单间隔离病房269间。正式运行的第一天，首批4名从外院发热门诊筛查出来的患者转入隔离病房，接受规范化留观及诊疗。以患者为中心，医院各项工作有条不紊地展开。

为了更好地服务患者，2月3日、2月5日、2月14日，银川市卫生健康委、自治区卫生健康委先后分五批紧急抽调银川市17家医疗机构216名医护人员，支援银川市临时急救医院。其中管理人员13名，医护人员203名。

与此同时，硬件设施、医学检查检验设备也在以最快的速度完善，医院火速完成CT室的改造，采购安装调试了CT机，满足患者检查需求。2月12日，医院的餐厅也投入使用，全院职工及所有患者的吃饭问题解决了。

患者病情千变万化，沉着应对突发情况

随着疫情的发展，转入银川市临时急救医院的患者越来越多，一部分患者是从自治区第四人民医院解除隔离出院的新冠肺炎康复者，在这里继续留观7天；一部分是银川地区各个医院发热门诊筛查

出来的新冠肺炎疑似病例、具有发热等症状的患者及密切接触者。“最多的一天，我们医院隔离病区里住了199名患者。”雷静说。

按照患者轻重程度、病例来源、可能的传染性等，银川市临时急救医院对入住患者进行初筛分类，分送至规定病区分类分区管理。严格组织晨会交班、查房查寝、专家会诊、病例讨论等，及时学习不断更新的诊疗方案，保证治疗效果。

52岁的任红岩是银川市临时急救医院医疗救治小组组长，是一位经验丰富的呼吸与危重症医学科主任医师，负责带领31人的医生团队为全院患者进行诊断，制订诊疗方案。

和其他定点医院不同，银川市临时急救医院收治的患者情况比较复杂，有些是疑似患者，有些是治愈出院的康复者，有些是发热、咳嗽等轻症患者。且不少患者年纪比较大，伴有高血压糖尿病等基础病，病情千变万化，会有各种突发情况，因此诊疗方案各有不同。

一天中午，任红岩正准备吃饭，二楼病区一位患者突然抽搐、呕吐、嘴角歪斜。她扔下筷子，迅速穿好隔离服赶到病房，二话不说用纸将患者身上的呕吐物清理干净，并与清洁区联系准备转院治疗。当时电梯还未启用，任红岩和医护人员用褥子做担架，将患者从二楼步行梯抬到一楼，送上救护车。

为了提高医院的诊疗服务能力，银川市临时急救医院从启用之初就规划部署了“互联网+”医疗健康系统，与区市两级专家组随时进行远程会诊、病例讨论和专家组诊断、技术培训等，将优质医疗资源引入医院为患者服务。同时，医院及时与自治区中医研究院、银川市中医医院联系合作，专门调配中医医生参与诊疗，对患者辨证施治，开展中西医结合干预防治。

一个多月以来（截至3月8日），银川市临时急救医院共组织病例分析574人次，远程会诊342人次，疑似病例讨论及解除疑似病例讨论52人次，疑难病例讨论32人次；实验室检测血常规545份，血生化310份，尿便常规57份；C反应蛋白462份；凝血、脑钠肽、心梗3项，甲状腺全套、降钙素等特殊检验共计132份，肺部CT检查347人次。

是白衣战士，也是知心朋友

因为接受隔离的人员容易焦虑，闹情绪，导致不配合治疗，所以银川市临时急救医院的所有医护人员都很注重患者的心理疏导。有一位隔离人员很担心因为隔离会丢掉工作，医护人员倾听他的烦恼后给他宽心：“你放心，你在这里进行医学隔离观察，出院时我们会给你出具证明，单位如果开除你是要承担法律责任的。”随后，该隔离人员如实向单位汇报，单位领导也打来电话安慰说：“不要想那么多，等隔离期解除后就来上班。”他的心情瞬间就好起来了。

还有一位女患者特别担心孩子的学习，总觉得自己不在家监督，孩子就不好好上网课，为此她焦虑得吃不下饭睡不着觉。任红岩知道后，用自己的故事开导她：“其实孩子并不像我们认为的那么不懂事，只是我们作为家长，平时给孩子做得太多了。你看我，天天上班也回不了家，儿子以前根本不管家里的事，现在他知道我忙，主动照顾老人，还打电话嘱咐我不要操心家里的事。你不妨给孩子一个成长的机会，让他在这个特殊的时期锻炼一下自己。”患者听了这番话，心情豁然开朗，一下子想通了，对任红岩说了很多遍“谢谢”。

当然，有些患者的心病比较重，银川市临时急救医院也会积极协调银川市第一人民医院和宁医大总院心理科医生，通过电话免费为他们进行心理疏导。

白手起家条件差，吃苦受累不抱怨

战斗了一个多月了，三·八国际劳动妇女节这天，银川市临时急救医院召开了一次全员大会，院长雷静动情地说：这段时间，辛苦大家了！

简单的一句话，包含了太多的情感。雷静说，疫情防控前期，医院的工作条件很艰苦，什么都没有。医护人员刚来的时候，除了开展诊疗工作，还抽空主动当搬运工、安装工。那时候很多病房里空空如也，新采购的桌椅、病床、铺盖、医疗设备等都要搬进去。医护人员无论男女、无论年龄大小，都在不停地搬运、安装、打扫、整理。很多女孩子拿着螺丝刀，蹲在地上组装柜子，小伙子们一趟一趟往楼上扛东西。当时电梯大部分还没有启用，全靠爬楼梯。“其实这些活儿医护人员可以不干，他们可以在宿舍里休息，但没有一个人这样想，大家都把这里当成自己的家，无私奉献……”

当时医院暖气还没彻底热起来，室内不暖和，住宿条件也很简陋，门诊室改造的临时宿舍里只有一张高低床，桌椅和柜子都是后期才陆续添置的，防护物资也比较紧缺，但医护人员没有叫苦叫累，还想尽一切办法解决问题，一心一意投入到工作中。

虽然医护人员来自不同医院，但在疫情面前，大家表现出了高度的团结精神，互相帮助，拧成了一股绳。病区护士王玉珠说，大家自发形成了默契，每个人几乎都提前20分钟左右进病区交接，让上一班的同事早点出病区休息。“其实大家的心里想的都差不多，快到下班的点了，都会有点着急，有时候是憋不住想上厕所，有时候是疲惫，要是下一班的同事提前进来接班，哪怕早10分钟，就别提有多感动了。”当某个病区一次性收治的患者比较多时，其他病区的人也会主动赶过去帮忙，分担工作，每个人都在为别人着想，整体氛围非常团结友好。

雷静时常被这个团队的战斗力和凝聚力所感动。截至3月11日，银川市临时急救医院已经将312名患者平安地送出了医院，在院患者68例，医护人员终于可以喘口气了。3月12日，医院安排一批医护人员撤出病区，隔离休息。

抗疫初期，银川市临时急救医院及时收治患者，有效地分担了其他定点医疗机构、发热门诊隔离留观病房的接诊压力，缓解了病床不足、病例聚集等问题，在银川市新冠肺炎疫情防控中发挥了重要作用。近期，银川市临时急救医院又承担起新任务，对入境返银及接返人员进行筛查和收治。为此，医院在前期已按要求连夜改建成符合传染病防控规范的筛查门诊，目前正在迅速完善工作流程、配备专业队伍落实24小时工作制。

“疫情还没有结束，我们将继续坚守，继续攻坚！”雷静说。

银川抗疫的相关数据

银川市在全市145家基层医疗卫生机构设置预检分诊点，18家二级以上医疗机构设发热门诊。截至3月11日，银川市辖区内二级以上医疗机构发热门诊共配备医护人员737人，累计接诊发热患者12873人次。

银川市卫生健康委派遣100名医护人员（38名医生，62名护士）为19个集中健康观察点的2580人（3014个房间）提供驻点医护保障，累计到期解除集中健康观察5857人；为30处交通卡口派出86人，每天三班轮值，对进入银川市的车辆和人员实行逐车逐人全天候检查，共检查入银返银车辆197万辆、人员368万余人；组织疾控部门开展核酸检测、流行病学调查、环境消杀等工作，截至3月13日，累计进行核酸检测5820份，完成流调报告250余份。

（原载2020年3月17日《银川日报》7版　沈亚婷）

高擎党旗践初心，争做先锋担使命

石嘴山市众志成城战疫情

国家有困难，党员勇担当。面对突如其来的新冠肺炎疫情，石嘴山市委、市政府以高度的政治责任感、使命感，雷厉风行抓落实，齐心协力战疫情。先后从77个市直部门（单位）、市属国有企业等抽调1370名党员干部奋战在疫情防控一线，全市116个社区与各基层党组织、党员干部勇挑重担，践行初心使命。一名名共产党员挺身而出，一个个战斗堡垒巍然矗立，构筑了疫情防控的“红色堤坝”，彰显了“疫情就是命令，防控就是责任”的政治自觉，让鲜红的党旗在疫情防控一线高高飘扬。

使命吹响疫情防控“冲锋号”

疫情防控阻击战，既是对党员干部的一次严峻考验，也是一场深刻的党性洗礼。

“我是党员，使命让我必须到祖国最需要的地方去！”58岁的刘道章是石嘴山市第一人民医院重症医学科主任，也是石嘴山市第一批支援湖北医疗队的一员。他主动请缨、勇挑重担，展现了一名党员、一名医生的职责与使命。

“我申请提前结束病假到石嘴山南大门坚守！”平罗县交巡警大队城区中队队长田瑞拖着因痛风而肿痛的双脚，主动请缨坚守在京藏高速公路平罗南出入口，彰显了危急时刻党员民警的本色。

“我们辛苦一点，居民就安全一些，我们所做的一切都是值得的！”大武口区朝阳街道办事处景苑社区20多名退休老党员坚守在小区门口测温登记、排查返石人员，每项工作都做得一丝不苟。

退役不褪色。面对疫情，石嘴山市退役军人李喜军、王富国、刘福斌等人向市退役军人事务局递交了《请愿书》，志愿成立退役军人疫情防控突击队，并成立临时党支部，投身疫情防控阻击战，开展疫情防控工作。

……

面对疫情，石嘴山市各部门、各单位党员迅速到岗，在岗位、在状态、在现场；面对疫情，石嘴山市乡镇基层党员干部紧急奔赴一线，积极开展疫情防控工作；面对疫情，石嘴山市人民万众一心，吹响打赢疫情防控阻击战的号角。

大事难事看担当，危难时刻显本色。在疫情防控阻击战中，石嘴山市强化党建引领，推动基层党组织和广大党员干部冲锋在一线、战斗在前沿，组织动员1935个基层党组织、12400多名党员志愿者开展宣传发动、疫情检测、人员排查等工作，使党员干部责任在一线压实、作用在一线发挥、能力在一线提升。

一个口罩是装备，一顶帐篷是战场，一把椅子守岗位。全市党员干部在疫情防控工作中轮流上阵，无论是医院、检查点，还是乡村、社区、超市，一面面“党员先锋队”“党员志愿服务队”的旗帜高高飘扬，一个个“党员先锋岗”“党员责任区”的标牌熠熠生辉，一名名佩戴党徽、袖章的党员冲锋在前。在疫情防控重点领域、重要关卡，石嘴山市成立40个临时党委、382个临时党支部、855个临时党小组，有效统筹下派党员干部、辖区各类组织、社会志愿者等力量，推动群防群控、稳防稳控。

石嘴山市16个街道、116个社区、67名专职网格员、1804名兼职网格员、7484名网格协管员全面发力，联防联控、群防群治，党建网格制度优势迅速转化为疫情防控的组织优势。

党旗高高擎起，群众有了主心骨。石嘴山市各级党组织领导班子和党员干部坚守岗位、靠前指挥，为打赢疫情防控阻击战提供了坚强保障。

责任筑牢疫情防控战斗堡垒

他们的职业各不相同，却有一个共同的身份——共产党员。在疫情防控一线，石嘴山市各级党组织和广大党员充分发挥战斗堡垒和先锋模范作用，用实际行动践行初心使命。

“我和子女共捐款11万元，请组织安排，把它用在疫情防控一线。”今年77岁的范万章是大武口区兴民村人，疫情发生后，范万章看在眼里，急在心里，决定把积攒多年的5万元存款捐出来。当老人将这一想法告诉子女时，儿子范兴平和女儿范新云不仅支持他的决定，还主动提出也要捐款，一家人共捐出11万元。“一方有难，八方支援。是共产党让我们过上了幸福生活，现在国家遇到困难，我作为一名老党员，捐这点钱又算什么！”范万章说。在特殊时刻，一个个这样的温暖之举汇成一股股暖流，在春日里温暖了整座城。

“苟利国家生死以，岂因祸福避趋之。”一名党员就是一面旗帜，一个党支部就是一座抗疫堡垒。大武口区人民路街道办事处工人街社区有一个以家庭为单位的临时党小组，组长是老党员赵俊儒，组员是家庭成员。儿子、二女婿、外甥女在各自单位安排的检查点值守，大女儿和二女儿在小区卡点开展志愿服务，儿媳妇负责摸排辖区居民信息，外孙子和外孙女负责宣传、巡逻工作……赵俊儒还带领全家将2700元现金送到了社区党支部，希望能帮助组织添置防疫物资。

堡垒无言，却能凝聚强大力量；旗帜无声，却能鼓舞磅礴斗志。面对严峻的疫情，以范万章、赵俊儒为代表的党员以行动践行初心使命，以奉献兑现入党誓言。全市广大党员深入落实党中央和自治区党委、石嘴山市委决策部署，组建党员突击队、先锋队900多个，发动党员志愿者4000余名，设立400余个党员责任区，带头做好人员排查、信息登记、区域防控、值班值守等工作，日夜奔忙在抗疫一线，亮身份、当先锋、作表率，以实际行动为党旗增光添彩。

疫情防控期间的石嘴山，党的政治优势、组织优势、密切联系群众优势源源不断转化为疫情防控的强大动能。

冲锋在“火线”上淬炼党性

关键时刻冲得上去、危难关头豁得出去，才是真正的共产党人。在这场疫情防控阻击战中，一大批抗疫战士挺身而出、舍生忘死，他们“火线”入党，为党组织注入新的战斗力。截至目前，石嘴山市在抗疫一线发展的党员共58名。

“以前觉得入党是一种政治荣誉，现在觉得入党更多的是一种担当。能够在特殊时期成为一名党员，这是我一生中最值得纪念的日子。”3月4日，在石银高速公路大武口查验站，“火线”入党的市拘留所四级警长杨海峰激动地说。当日，在石银高速公路大武口查验站和京藏高速公路沙湖查验站分别举行了入党宣誓仪式。同时，石嘴山市支援湖北医疗队新发展的5名预备党员在襄阳市革命博物馆举行了入党宣誓仪式，让新党员深刻感受到特殊时期入党的重大责任和特殊意义。

疫情发生以来，石嘴山市委坚决贯彻落实习近平总书记“对在斗争一线表现突出的入党积极分子，可‘火线’发展入党”的重要指示精神，把疫情防控一线作为发现、考验入党积极分子的重要阵地，及时指导协调相关党组织把在抗疫一线表现突出的先进分子发展入党，激励一线人员坚定信念、顽强斗争，为打赢疫情防控阻击战提供坚强组织保证。

疾风知劲草，烈火炼真金。“火线”入党示范带动作用产生了良好社会反响。截至目前，石嘴山市疫情防控一线共有312人递交了入党申请书，39人被确定为入党积极分子，对支援湖北期间递交了入党申请书的44人全部纳入重点培养对象。

没有一个冬天不会过去，没有一个春天不会到来。石嘴山市各级党组织和广大党员忘我奋战，汇聚成精神洪流，传递出抗疫的坚定信心和无穷力量，是党旗在疫情防控一线高高飘扬的生动实践。

（原载2020年4月8日《石嘴山日报》1版　李　媛）

众志成城，打好疫情防控阻击战

——吴忠市全力抗击新冠肺炎疫情工作纪实

疫情就是命令，防控就是责任。连日来，面对新冠肺炎疫情的严峻形势，吴忠市上下迅速反应、直面危机、迎难而上、多措并举，在“防”“控”“治”上着力，众志成城，打响了一场艰难勇毅的疫情防控阻击战！

高度重视，周密部署

把“防”的工作抓实，与时间赛跑！与疫情赛跑！面对严峻疫情，吴忠市委、政府高度重视，果断决策，作出周密安排部署。

1月25日0时，吴忠市启动疫情防控Ⅰ级响应。

吴忠市委常委会召开会议专题研究全市新型冠状病毒感染的肺

炎疫情防控工作。

成立吴忠市委应对新型冠状病毒感染的肺炎疫情工作领导小组，市委书记沈左权任组长，先后多次召开会议，安排部署疫情防控、人员摸排等工作。

成立吴忠市应对新型冠状病毒感染的肺炎疫情工作指挥部，市长喜清江任总指挥，制订工作方案，成立医疗救治、疾病防控、实验室生物安全、基层卫生、爱国卫生、舆情管控等6个专业工作组，使全市疫情防控工作有的放矢、精准施策。

抗击疫情，刻不容缓！

吴忠市委书记沈左权、市长喜清江第一时间靠前指挥，分赴各县（市、区）疾控中心、发热门诊、火车站、汽车站、社区、公路检查站等地督查指导。

吴忠市各级政府、各部门主要负责同志，以及吴忠市卫生健康委等部分部门全部取消春节假期，投入疫情防控工作。

1月25日起，吴忠市各公共文化娱乐场所均已暂停营业。

吴忠市确定公示了5家定点医院、10家发热门诊及相关职责，保障床位3571张；各疾控中心、二级以上医院全部设立发热门诊，设置醒目预检分诊点，实行24小时预检分诊；各医院成立专家组、治疗组、防控组，组织医护人员开展新型冠状病毒感染的肺炎诊治培训；配备数量充足、符合要求的消毒用品和防护用品，全体医护人员24小时待命。

迅速在市级新闻媒体上发布《致全市人民群众的一封信》《致全市广大网民朋友们的一封信》《吴忠市“防控疫情你我同行”倡议书》

《吴忠市关于在公共场所实施佩戴口罩有关措施的通告》《吴忠市新型冠状病毒感染的肺炎疫情防控情况公告》等。

宣传和网信部门安排市、县电视台在非新闻节目时段，密集滚动播出科普知识游飞字幕，市、县两级新闻媒体在网站、电视、广播、新媒体开设“万众一心抗击疫情”专题。全市出动流动宣传车54辆，通过城镇音频播放点和乡村大喇叭宣传疫情防控科普知识394场（次）。

1月23日起，盐池县青山乡旺四滩村的“村村通”大喇叭持续给村民普及疫情防控相关知识：“尽量不要到医院、商场、超市等人群密集的公共场所。必须要去时，一定要佩戴口罩。少外出、少聚集，勤洗手、讲卫生。体有恙、即就诊，强营养、多锻炼，不信谣、不传谣，有信心、显担当……”

面对这场重大公共卫生事件，吴忠市各地各部门共同行动，全方位严防死守，对疫情严阵以待。

联防联控，合力保障

防控就是责任，疫情防控如一场看不见硝烟的战斗，无数血肉之躯挺身而出，吴忠市各条战线都有坚守、奋战、付出的疫情防控人员……

公安部门在全市设置42处检查站，各检查站统一由交通运输局牵头，每班配备公安部门2人、交通运输部门2人、卫生健康部门2人、农业农村部门2人共同开展防控工作，实行24小时值守、四班三运转，把好防控首道关口。

截至1月26日，吴忠市卫生健康委累计出动医务人员2373人次，基层卫生人员2400余人在岗。疾控中心对全市发热人员预检分诊、返吴人员筛检、居家观察人员监测、交通要道体温监测点设置情况进行督导和技术指导。

教育部门明确禁止全市各中小学、幼儿园任何形式的线下教学活动或集体活动，各类教育培训机构和托育机构一律暂缓开展培训和育儿活动，对在武汉就读学生进行进一步摸排。

农业农村部门积极做好动物疫病防控，对生猪养殖场（户）、无害化处理场等重点区域开展排查，共排查生猪养殖场（户）837个，生猪3.13万头，未发现异常情况，吴忠市16家屠宰场中15家已停止屠宰工作。

利通区各居民小区加强人员进出登记管理、重点人员摸排登记、防控知识宣传等工作，全防全控、联防联控、群防群治，对外省区特别是武汉来吴返吴人员采取网格化、地毯式排查管理，建立台账，进行跟踪回访，从严落实定时测量体温、居家医学观察、隔离诊断治疗等措施，不漏一人、不漏一户，不留一个死角和盲区。

盐池县强化防控工作。全县各乡镇各施高招，努力实现疫情防控宣传全覆盖。该县王乐井乡通过微信群向群众通报疫情情况，将各村从武汉返乡人员名单在各村组及微信群进行公示，发动群众进行互相监督，避免引发群体性感染。积极教育引导群众春节期间在家过春节，减少串亲访友及参加各类聚会，倡导“取消聚会，平安过年”。

青铜峡市充分利用微信公众号、微信群，密集发布疫情防控知识和疫情通报120余次，各乡镇、社区还充分发挥“大喇叭”“小音箱”的作用，循环播放疫情防控知识。

红寺堡区加大宣传力度，印发了《致红寺堡区人民的一封信》，每天通过文明红寺堡微信公众号转播、转载自治区、吴忠市及各相关部门发布的关于新型冠状病毒感染的肺炎疫情防控知识、应对措施等，提升群众对疫情防控的知晓度。同时，关闭了辖区内所有KTV、图书馆、体育馆等场所，并暂停了社火展演等一系列文化活动。

同心县在该县火车站、汽车站、高速公路路口、重要路口设立查验站，对进入同心县的人员和车辆逐个进行检查，发现有体温升高、咳嗽或从武汉方向进来的人员，全部进行留观检查。同心县卫生健康委派专人指导人员密集场所消毒、通风、检测、留观等工作。同心县市场监管局指导农贸市场、各大超市每天定时彻底消毒两次以上。加大对各药店药品及防护品销售监管力度，坚决打击囤积、抬高价格等行为。

严密堵住疫情输入口，扩大疫情防控宣传面，全民行动，全民知晓，万众一心，抗击疫情。

群防群治，同心协力把“爱”的力量汇聚

2020年的春节，是最不平常的一个春节。面对疫情防控，有无数“逆行”者的身影，有很多让人泪目的感人场景。

面对严峻的疫情防控形势，青铜峡市的所有景区和餐饮场所已经停止营业。一些24小时坚守在防控一线的工作人员，他们能不能吃上一口热乎饭？这个问题一直在青铜峡市陈袁滩镇罗记农家小院

总经理王倩的脑海中萦绕着。

王倩觉得，自己家离青铜峡市高速公路出入口仅400米，为什么不做些力所能及的事？说干就干，1月25日，王倩和老公凌晨5点就起床，做好防护工作后，两人做了酸菜包子、花卷和八宝稀饭，开着车一路送到了有执勤人员的地方。从1月25日到27日，王倩夫妻俩坚持为坚守在青铜峡市高速公路出入口的多名工作人员送餐，并且变着花样给大家做饭。

免费供应餐食的举动格外让人暖心。1月27日，在青铜峡市陈袁滩镇高速公路出入口，今年57岁的青铜峡市农业农村局干部贺新宁因连日来参加疫情防控工作，一直没休息好，体力早已透支，但他仍然坚守在抗疫一线。他说："我是一名有着39年党龄的老党员，在这样的关键时刻，面对群众对我们的支持，一定要冲在最前面，尽一名党员的职责，守护好群众的生命安全。"

这一幕迅速刷爆了朋友圈。

爱在传播，爱在凝聚。

"今天，当全国人民面临新型冠状病毒的肆虐，作为医务工作者，我们责无旁贷！我们特此向医院党总支请战，愿为战胜此次疫情随时听候调令。我们全体成员都将义无反顾，奔赴一线，作出应有的贡献！"这是青铜峡市人民医院内一科全体医务人员的铮铮誓言。

1月24日，青铜峡市人民医院内一科副主任张兴旺带领科室13名医务人员在《请愿书》上郑重签上了自己的名字，按上红手印，递交给医院党总支。

"当下全国疫情形势严峻，作为一名年轻的党员，应冲锋在前。

我自愿报名参加医院的各项病毒性治疗，随时听从医院的调配指示。”张兴旺说。

“出门要戴口罩，回家要注意消毒！”1月27日，在利通区吴忠宾馆老凤祥银楼门口，店员正在为过往的市民免费发放口罩。看到路过的行人没有戴口罩，便免费送给他们口罩，并叮嘱行人要做好防护。

1月27日下午，吴忠市高速公路出入口防疫监测站迎来了特殊的客人。他们当中有普通居民，也有正值假期的学生。当值班干部与民警忙于监测来往车辆和人员体温时，两名中学生悄悄赶来，他们提着10盒防护口罩，抱着一箱84消毒液，一个劲儿地往工作人员怀里塞，嘴里还一直说着“谢谢”。“谢谢，你们这样做，让我们觉得再苦也值得。”一个微笑，传递出的是共同抗击疫情的坚定信心。

“这个春节，我拒绝聚餐，减少串门，待在家里，不给国家添乱……”不少人在朋友圈留下了这样的话语。

在吴忠市，不少市民已经行动起来，从自身做起，守望相助，身体力行地加入到这场疫情防控的战斗中，为打赢这场疫情阻击战注入强大的力量。

疫情终将过去，春天必会到来。只要坚定信心、同舟共济、科学防治、精准施策，我们一定能打赢这场疫情防控阻击战！

（原载2020年2月1日《吴忠日报》1版　马宏萍　杜晓明）

中卫市：

社区网格化管理，畅通疫情防控“末梢神经”

每天晚上11点，中卫市沙坡头区文昌镇黄河花园社区的疫情防控微信群都要开一次线上工作汇报会，网格员汇报一天来疫情防控工作动态，以及次日工作安排。

打赢疫情防控阻击战，关键在社区，重点在网格。在此次疫情防控阻击战中，中卫市充分发挥社区网格化管理优势，整合辖区机关、物业企业、警务室等党组织和党员干部力量，做好疫情防控知识宣传、人员排查追踪、环境卫生整治、为居家隔离人员服务等工作，推动社区疫情联防联控。

“居家医学观察是疫情防控的现实需要，我们能做的就是最大程度上为‘四包一’对象提供全程‘跟踪式’服务。”中卫市委组织部相关负责人介绍，实行每个社区1个机关单位牵头，每个小区1个责任单位包抓，每栋楼有1名责任人负责，每户居家隔离人员由1名党员干部包保，切实做到排查摸底在网格、隔离管控在网格、服务保障在网格，共同织起一张庞大的网，牢牢把握疫情防控主动权，有效防止了疫情输入、疫情蔓延和疫情输出。

镜头一：排查摸底在网格

尽力缩小排查范围，确保信息及时准确

新墩花园社区位于沙坡头区滨河镇，辖4个居民小区，共有住宅楼184栋，现居住居民2446户6546人。在疫情防控工作中，社区在责任网格区成立了滨河镇第十六、十七网格疫情防控临时党支部，组织65名党员共同开展防疫工作，网格化让排查摸底工作化繁为简。

“摸排，说起来只有两个字，背后却是一系列的工作，涉及每家每户。”新墩花园社区党支部副书记黄莉说，“我们前期进行电话访问后，又调动了公安民警、社区干部、志愿者，分8组，挨个小区入户排查。时间紧、任务重，这么多户，全靠网格员一双脚去爬楼、一双手去登记。”

记者在一张入户走访排查单上看到，网格员详细记录了每一户的业主姓名、入住情况、是否去过湖北或接触过湖北人等。而这样的记录表格覆盖社区内的所有小区。

“我们地毯式排查外地回卫车辆、外地来卫人员，及酒店、旅馆入住情况，对小区返卫人员全面登记，跟踪记录并及时上报。”社区干部吴淑霞大年初二刚到社区报到，就当起网格员开展入户和走访，

“上楼下楼，与时间赛跑。排查范围进一步缩小，再对居家留观人员进行精准服务，每天进行两次体温监测，多次电话问询，确保信息及时跟进。”

截至2月19日，新墩花园社区排查外省市人员283人，其中湖北返沙坡头区人员34人，34人均已过14天医学观察期。截至2月20日，居家隔离人员共有19户47人。

镜头二：隔离管控在网格

点对点上门测温，用微信建起连心桥

“吕先生，您好，我是社区网格员，为您测量体温。”2月19日，黄河花园社区的医务人员来到黄河花园一期的居家隔离人员吕先生家中，为其测量体温。

社区副主任高顺萍说：“我们对居家隔离观察对象实行一对一管控，并建立台账，每天进行跟踪管理，测两次体温。”

当天上午，高顺萍和其他网格员上门为5户居家隔离人员进行随访，并记录每个人的身体状况，为他们送去药、口罩、消毒液和体温计。

“大家好，建立此群，是希望在这特殊的日子里，我们社区这个大家庭能够给您力所能及的帮助。让我们彼此关怀、加油，共同努力打赢这场没有硝烟的‘战争’。”时间追溯到1月28日，“四包一”疫情防控微信交流群一组建，社区主任田学红就在群里发出这条信息。

返乡人员每天在微信群中上传体温状况、单间隔离、单人吃饭照片等，网格人员与他们进行沟通交流，及时疏导和安抚他们的情绪。

群里的隔离人员也相互打气、相互鼓励，互相缓解心理压力。

“依托社区网格化，每名网格员负责各自网格内的事务，有效管控居家隔离人员，及时了解他们的身体状况。”田学红介绍，以户为单位，一户一群，人员由湖北返乡人员、返乡人员家属和“四包一”人员组成。进行针对性管控，叮嘱他们按时测量体温，注意居家隔离事项，询问生活是否困难。需要什么生活用品时在群里告诉“四包一”人员，由“四包一”人员购买后送达。

镜头三：服务保障在网格

“跑腿代购”服务全，接单送货一条龙

“李大妈，您好，我是社区小田，帮您把近几天的蔬菜放到门口了，您一会儿拿进去。”楼道里传来海原县文昌廉租社区网格员田彩霞的声音。

这几天，田彩霞的电话、微信不时响起，大都是居家隔离人员的“下单”请求，“接单”后，她就忙活着联系超市代购采买他们所需的物资。

“作为一名党员干部、网格员，在特殊时期，要多为他们着想，做这些事，不算什么。”田彩霞说。

“为服务好居家隔离人员，解决他们的生活困难，我们运送蔬菜粮油、煤气，送纯净水，倒生活垃圾都是严格按照规定办理。”文昌廉租社区片长李进兴说，社区要确保居家隔离人员和社区困难家庭在疫情防控期间的后勤保障，努力做到居家隔离防控到位、生活保障到位、社区关心到位。

据了解，在抗击疫情过程中，中卫市各个社区纷纷组建了一支支由网格员、党员组成的服务保障后勤队伍，工作人员和居民线上密切沟通，线下“跑腿”相助，始终坚守在疫情防控一线，除了做好日常防控工作，还要做好上门慰问，缓解他们的心理压力。

中卫市的网格化管理，让社区治理的“末梢神经”更敏感、更畅通。在具体工作中，每一个网格员都是信息员、战斗员、宣传员、服务员，通过入网、入格、入家、入户，把各项防控措施精准落实到点、到户、到人，力争把每一张“网”筑成坚固的防线。

（原载2020年2月25日《中卫日报》1版　冯博睿）

信仰的力量

——宁夏各地防控一线基层党员干部速写

时有所需，必有所为；国有所需，我必前行。连日来，宁夏各地坚守抗击新冠肺炎疫情一线的基层党员干部，用血肉之躯与信仰的力量，团结带领群众守护家园，筑起群防群治、抵御疫情的一道长城。

寇龙：党员更要发挥带头作用

寇龙是灵武市郝家桥镇山水沟桥检查站临时党支部书记，从1月30日到卡口值班，已坚守了半个多月。在检查站工作人员王芳眼里，寇龙就是一个铁人。“早上回家休息了3个小时，不放心，又回来了。”2月14日，寇龙坦言。

吴灵青公路是吴忠市区通往灵武市最便捷的交通要道，车流、人流量大，山水沟桥检查站就设置在该路段，平均每天核查车辆2200余辆、人员3600余人。

为了不耽误过往车辆、人员通行，目前山水沟桥检查站的两条车道全部开放，这增加了工作人员的管理难度。“任务重，党员更要发挥带头作用。”寇龙带着检查站的十几名工作人员每天24小时轮流值班，确保核查工作严格运转。

郭英汉：入党47年初心不变

“大家都在忙，我也不能在家闲着。”2月12日，平罗县陶乐镇西街社区滨河小区的74岁老党员郭英汉，在小区门口登记进出小区的人员信息。

自2月1日起，郭英汉就参与到社区防疫工作中了。当天，老人向社区党支部申请后，就背起消毒桶在各个小区消毒。

“你怎么还是老样子？忘了自己有痛风、高血压那一身毛病了？还当自己是小伙子？”妻子杨翠花担心老伴儿身体吃不消，就劝他。

“我有47年党龄，曾经也是劳模，不能评完就完了，我要一直带头发挥先锋模范作用！”

杨翠花了解老伴儿的倔脾气，就跟他讨价还价：“发挥余热咱也得量力而行，消毒桶太重，你到小区门口帮忙登记吧。”

郭英汉想了想，点点头。第二天他就在小区门口为进出小区的人员做信息登记，随后又参与外省返乡人员隔离盯守工作。

“爷爷，您都这么大年纪了还来站岗？”一天上午，一名小学生看到戴着红袖章的郭英汉问道。

“这个是不看年龄的，等你长大入了党就知道了。”郭英汉笑着说。

魏长明：到防疫一线发挥余热

“现在疫情防控形势严峻，镇上、村里干部走访排查、宣传任务重、防疫人员紧缺，我们作为党员就要有更高的觉悟，守在防疫一线。”2月14日，吴忠市利通区高闸镇李桥村侯汉路与侯余路的交叉路口，60岁的老党员魏长明说，他已经在这里值守20多天了。

魏长明身体不是很好，之前还做了心脏搭桥手术。原本村“两委”不同意他到疫情防控一线，但他坚持说：“我能行，一定要到防疫一线发挥余热。”

像这样的卡点，高闸镇还有28个，其中有20个卡点都是党员志愿者轮班值守。

“疫情面前，大家没有退缩，主动承担起责任。”高闸镇高闸村党支部书记扈银芳说，该村的党员想方设法捐物捐款。有捐赠口罩的、有捐钱的，有贡献车辆用作防疫宣传车的，还有给值守人员送爱心饭的，广大党员亮身份、作表率，积极参与防疫一线的工作。

殷占忠：为国为家忠孝两全

近日，彭阳县妇幼保健院退休职工殷占忠将一个信封郑重地交到了医院领导的手里，信封里装着1000元。“用这些钱给坚守在防疫一线的工作人员买一些防护用品吧。”老殷说。

殷占忠今年62岁，退休前在彭阳县妇幼保健院担任后勤保障工作。疫情发生后，大年初二他就跑到单位询问情况，看到昔日的同事一个个在抗疫一线战斗，他便和另外两个工作人员分三班轮流给医院消毒。“疫情期间我理应冲到第一线去，但是家里83岁的老母亲患有脑梗，身边离不开人，我只能做些力所能及的事……”

彭阳县妇幼保健院有两栋楼，每天消毒两次。每次消毒，老殷都要背着20斤重的消毒桶走遍医院的每一个角落。几个来回下来，他汗流浃背，防护面屏上也全是水雾。“不能上一线，就为一线的医护人员帮点忙，让他们腾出手来去做更重要的事。”殷占忠说。

每天完成消毒工作后，殷占忠总是第一时间往家赶——家中还有83岁的母亲需要他侍奉。

金玉宏：站好最后一班岗

2月5日，是民警金玉宏退休的日子。但2月12日，记者在海原县西安镇派出所见到他时，他仍然忙于紧张的疫情防控工作。参加公安工作36年的金玉宏一直扎根基层，临近退休却遇上突如其来的疫情。好多同事都劝他在办公室备勤，不要去一线执勤，但他却迎难而上：“国家遇到困难，我作为一名老党员怎能退后呢？一定要带领年轻同志冲在疫情一线。”

金玉宏每天都要进村摸排人员信息，花甲之年的他依然和年轻民警一样，宣传、核录、疏导、劝返……每项工作、每个细节都一丝不苟，从来没有因为年龄大而有丝毫懈怠。他说：“从警生涯结束了，真有点恋恋不舍。遇到这种情况，作为一名老党员、老民警，一定要义无反顾地站好最后一班岗。”

“我们担心老金身体吃不消，一直劝他缩短执勤时间，多去休息一会儿，可老金犟得很。”西安镇派出所所长李成鹏说。

不止金玉宏一人，自1月25日自治区启动重大突发公共卫生事件Ⅰ级响应以来，海原县公安局临近退休的老党员、老民警们纷纷主动请战，带着对从警生涯的忠诚誓言，义无反顾地奋战在疫情防控的最前线。

（原载2020年2月17日《宁夏日报》5版　苏　峰　张晓慧　王文革　党　硕　实习生　马　磊　樊　帆）

自治区党委政法委统筹调动27607人，10天排查748.95万人

宁夏政法干警在抗疫一线搏激流

“宁夏利用10天时间在全区开展了一次大起底、大摸排、大筛查的回头看，排查748.95万人（包括流动人口），为封堵传染源头、截断传播途径奠定了基础。”在宁夏应对新冠肺炎疫情第四场新闻发布会上，自治区党委新闻发言人王成峰说。宁夏之所以有底气作如此精准的汇报，源自全区政法干警无畏地在疫情一线共搏激流。

疫情就是命令，防控就是责任。据介绍，自治区党委政法委统筹调动全区公安民警、综治干部、社区人员、网格员、志愿者27607人，逐社区逐村组建2332个由公安民警、政法干部担任临时党支部书记和组长的排查小组，从“面”上对全区2898个社区（村），开展地毯式大排查、全覆盖大起底，从“点”上对全区2438279户7489512人（其

中常住人口6865724人、流动人口623788人）逐户摸排筛查、逐人登记造册，真正做到“不漏一户，不漏一人”。全力以赴投入疫情防控阻击战，全区大局持续安全稳定。

统筹协调形成合力

疫情发生以来，自治区党委常委、政法委书记张韵声主持召开数次专题会议，传达学习贯彻中央和自治区重要批示指示精神，要求以“五个强化”标准做好政法系统工作。公、检、法、司四部门迅速召开专题工作会议，结合各领域实际，传达学习、研究部署疫情防控和维护社会稳定工作，进一步认清形势、凝聚共识，切实把疫情防控作为当前最紧迫最重要的政治任务来完成。

在自治区应对疫情领导小组和指挥部统一领导指挥下，自治区党委政法委成立以政法委员会书记为组长、副书记为副组长、成员单位主要负责人为成员的领导小组，统筹指导政法系统做好疫情防控和维护社会稳定工作。公、检、法、司成立组织机构，上下贯通、条块结合落实具体工作。根据疫情发展态势，及时下发《关于坚决做好疫情防控期间维护社会稳定工作的通知》《关于统筹政法综治力量加强城乡社区涉疫情重点人群排查工作的通知》等文件，成立重点人员数据信息排查、社会动态分析研判管控两个专班，明确任务，细化措施，压实责任。

在查验站点、乡村社区等防控一线，或明察暗访，或督导落实，全区政法单位主要领导同志亲临一线、靠前指挥，特别是针对排查力量不足、基层防护装备紧缺等问题，积极协调帮助解决。

科技支撑“硬核”保障

在自治区疫情防控重点人员数据信息排查和社会动态分析研判管控工作专班指挥室，大屏幕24小时显示重点人员分析筛查结果，各类数据信息从汇总整合到分析研判，再到指令反馈，全流程高速运转。

自治区党委政法委会同自治区公安厅牵头统筹卫生健康委、民航、铁路、通信管理及移动、联通、电信3大运营商，120余名精干警力，组建基础排查专班大数据组，借助大数据手段精准排查重点人群。各市、县（区）成立相应专班，由政法委书记、公安局长牵头负责，自上而下推进此项工作。

同时，积极争取公安部和国家计算机网络安全中心宁夏分中心支持，拓展通管、铁路、民航、交通等部门数据的来源通道。通过技侦、网安等手段，重点针对1月17日以后从湖北等11个省市来宁人员、宁夏籍返宁人员、外省曾在湖北驻留来宁人员及密切接触者等7类重点人员，全面开展清洗、筛选、查重等工作，实现全区一套“底账”。同时，健全汇总整合、数据分析、核查校正、信息上报、指令下达等机制，规范工作流程，明晰班组责任，缩短推送时限，提高关注密度。

从数据收集到分析筛查，从综合研判到明确指令，各条战线运用高科技手段火力全开，统筹推进，科技正在彰显“硬核”力量，助力打赢疫情防控阻击战。

整体防控维护稳定

“小区是我家，防控靠大家。”每次从驻守村回来，泾源县委政法委办公室主任、泾河源镇马家村第一书记郭磊都要在小区检查点当志愿者，向小区业主宣传疫情防控知识，帮助小区检查点解决实际困难。在检查点，他自费购买了棉门帘和火炉，为值守人员添置了棉鞋。在他的带动下，小区一些热心业主纷纷加入到志愿者行列，值守、消杀、摸排，还给检查点值守人员送去慰问品。

全区政法系统充分发挥党员干部先锋模范作用和政法干警主力军作用，公安民警全员参战，检察院、法院、司法行政部门分别派数千名人员参与一线联防联控，以实际行动彰显使命担当。自治区法学会针对疫情防控暴露出来的不足，围绕健全应急管理体系、提高处理急难险重任务的能力，加强市场监管，取缔和打击非法野生动物市场和野生动物交易。

疫情期间，自治区党委政法委会同自治区高院、检察院、公安厅、司法厅，及时发布《关于依法严惩妨害新型冠状病毒肺炎疫情防控刑事犯罪的通告》《关于依法严厉打击新型冠状病毒感染肺炎疫情防控期间违法犯罪的通告》，要求全区政法机关重拳出击，对侵犯医护人员人身安全、扰乱正常医疗秩序等7类违法犯罪行为，以及哄抬物价、囤积居奇、趁火打劫、造谣传谣、制假售假等干扰疫情防控和扰乱社会秩序的违法犯罪行为，迅速介入，依法打击，形成震慑。截至2月16日，全区公安机关共侦办涉疫情的刑事案件19起、刑事拘留12人，查处涉疫情的行政案件428起、行政处罚413人，公布典型案例41起。全区检察院运用网上传输、远程视频和书面审查等方式办公办案，共受理审查逮捕案件349件，办结315件，共受理审查起诉案件656件，办结583件，确保各项检察业务工作不等、不停、不拖；

全区法院通过“12368”诉讼服务平台、移动微法院等渠道推行网上诉讼服务，在网上立案238件、调解80次、开庭48次、办案1367次，有效保护了群众生命健康和当事人合法权益。

（原载2020年3月5日《宁夏法制报》1版　马　涛　通讯员　马惠莲）

走，到抗疫一线去报到

——全区广大志愿者为坚决打赢疫情防控阻击战贡献力量

新冠肺炎疫情发生以来，从城市到农村，从大街到小巷，从网上到网下，到处可见志愿者的身影。这是一场没有硝烟的战争。

他们传递爱心、传播希望，在抗疫路上，用温暖的志愿服务筑起“铜墙铁壁”，为坚决打赢疫情防控阻击战贡献力量。

他们既是人间大爱的一道风景线，又是抗疫一线的生力军。

火线集结到疫情防控一线去

“您好，请先登记信息，然后我给您量体温。”2月19日中午，中宁县宁华家园小区门口，返乡大学生志愿者黄磊微笑着对进出小区的居民测量体温、登记信息，进行人员劝返、防疫宣传等工作。

黄磊是南京机电职业技术学院学生，疫情发生后，他密切关注相关信息。“一批又一批医护人员奔赴前线，一个个平凡人的善举让我在感动之余，也不断思考自己能做点什么。”得知社区急需志愿者后，他立刻报名参加志愿服务工作。

“疫情当前，作为一个公民，我有义务为家乡尽一点绵薄之力；作为一名大学生，我有责任做一些力所能及的事。”黄磊说，他的很多同学都加入了志愿服务队伍，为疫情防控贡献力量。

《致全区各级团组织和广大团员青年倡议书》《关于号召全区广大志愿者、志愿服务组织积极有序参与新型冠状病毒肺炎疫情防控的倡议书》《关于应对新型冠状病毒肺炎疫情开展心理慰藉和情绪疏导志愿服务工作的通知》……疫情发生后，宁夏各部门发出相关倡议书，号召广大干部群众为坚决打赢疫情防控阻击战贡献力量。

这不仅是一张张招募令，更是志愿服务的集结号！

“走，到疫情防控一线去报到！”他们来自各行各业，有上班族，有学生，有退休人员，有退役军人……他们有一个共同的身份：志愿者。

自治区团委第一时间动员各级团组织和广大青年在做好自身防护的基础上积极参与疫情防控，制定《宁夏青年志愿者防疫志愿服务规范》，明确防护措施没落实的不上岗、未接受岗前培训的不上岗、非当地统一调度的不上岗，确保志愿服务步调一致、安全有序。

全区共有1万余名志愿者和20余家志愿服务组织主动联系各级团组织报名参加志愿服务。目前，已安排6063名志愿者，组建310余支青年突击队，活跃在患者救治、物流配送、交通运输、电力保障等防控重点领域。

宁夏医科大学总医院在院内招募600名志愿者，在医院医务部门统一培训后，组建抗击疫情防治预备队，负责预检分诊、院区消杀、物资配送、一线送餐、防护知识培训等工作。

自治区民政厅举行支援城乡社区疫情防控志愿服务工作誓师动员大会，成立3个临时党支部，建立由104名党员、共青团员、干部职工、医护人员组成的“支援城乡社区疫情防控志愿服务队”，下沉到银川51个城乡社区，协助开展入户摸排、检测监控、防疫服务、防疫知识宣传和环境整治等工作。

吴忠市发出倡议书，招募社会爱心人士、西部计划志愿者、大学生、机关干部等各类青年志愿者973名，投入到核查摸排、体温测量以及口罩加工等志愿服务工作中。

群众在哪里，志愿服务就在哪里

群众在哪里，志愿者就到哪里，志愿服务就在哪里。

初春的西吉县，天气仍旧很冷。吉强镇中街社区政府后院小区门口的帐篷里，炉火虽旺，志愿者沙宏繁仍要不停地走动驱寒。这段时间，为了做好出入人员的信息登记和相关工作，小小的帐篷几乎成了他的家。

沙宏繁是吉强镇林业站的一名护林员，自1月29日响应单位号召投身志愿服务以来，夜晚都在这里度过。20多天来，进出的居民从陌生到熟悉，从不配合到配合，沙宏繁用坚守与担当赢得了大家的称赞。“我是志愿者，守护大家的健康是我的职责，我将坚持下去，直到战胜疫情。”

“你好，请出示一下出行卡。”“体温正常，谢谢您的配合！”自治区总工会主动对接驻地金凤区馨和苑社区，组织59名党员志愿者到紫云华庭、馨和苑、唐堤慧苑、静沁苑等5个小区，架起抗疫的“同心桥”。

志愿者是联防联控、群防群治的重要力量之一。在疫情面前，广大志愿者不惧危险、听从指挥、科学有序，共同守护人民群众的生命安全和身体健康。

银川市共组织动员志愿者1.3万人，广大社区志愿者、党员志愿者就近就便在社区开展志愿服务工作，对进出小区的人员进行信息登记、体温测量，对外来人员进行信息登记、健康监测，对辖区卫生死角、垃圾桶、楼道、车辆出入口等进行卫生消杀，确保疫情早发现、早报告、早处置、早控制。在全市20余个城市主要道路出入卡口为过往旅客检测体温、发放健康提示单等。

固原市共组织动员志愿者9360人，抽调市直部门（单位）党员志愿者240人，招募青年志愿者1500人，经过培训和落实防护措施后，协助社区开展防护知识宣传、体温测量、排查登记、环境消毒，接听咨询电话，缓解了基层防控工作力量不足的压力。

中国石油宁夏石化公司团委组建20人的青年突击队，投入聚丙烯装置转产NX40S产品生产线，全力满足下游加工企业生产口罩和防护服的需求。

“若有战，召必回！”银川市金凤区招募志愿者近200人，组建退役军人“橄榄绿”青年突击队，为奋战在一线的医护人员提供上下班接送服务，累计接送2万人次，包括银川市14家定点医院的医护人员。贺兰县根据疫情防控需要，就近科学设置志愿者岗位，将280余名志愿者根据服务岗位编为7个小组，协助开展入户摸排登记等工作。

石嘴山市党员志愿者带头深入全市115个社区、195个村和512家企业进行疫情防控宣传，负责进出车辆登记、人员体温测量等工作，为社区、村配送口罩、消毒液等用品，带领城乡群众筑牢疫情联防联控、群防群治的“防护网”。

平罗县组织100多个基层及社会志愿服务组织，2100余名志愿者到疫情防控第一线，开展疫情排查、卡点检测、心理健康疏导等工作。石嘴山市惠农区招募具备理发技能的志愿者，免费为医护人员和疫情防控人员理发。

筑起一道道疫情防控屏障

“大爷，出门一定要戴口罩，要保护好自己。”2月21日，银川市湖畔嘉苑小区门口，几名志愿者向路过的行人进行预防新冠肺炎知识宣传，提醒和劝导行人出门要戴口罩，做好防护措施。

一个个小喇叭，一件件红马甲，成为全区疫情防控的一道靓丽风景，筑起了一道疫情防控的“红色屏障”。

石嘴山市共动员组织志愿者2.1万人，开展志愿服务活动9857次，引导群众取消、推迟或简办红白事127场次，组织社会公益组织和爱心企业、爱心人士捐款1500余万元。

吴忠市组织学校的共青团员和少先队员学习防疫知识、制作主题手抄报、手工制品；鼓励少先队员向家庭成员普及防疫知识。巾帼志愿者积极做好妇女群众和家庭的宣传引导工作。文艺志愿者把诗朗诵《出征武汉》送给坚守在抗疫一线的医护人员，运用短视频、微信等广泛传播《新编防疫三字经》等歌曲。组织各级文明单位网络文明传播志愿者、网评员、新媒体人士开展网上志愿服务，举报不实信息，自觉抵制、反驳网上不当言论，及时准确提供官方发布的权威信息，积极引导群众保持理性平和。

青铜峡市的志愿者提供爱心跑腿服务，在城区广场、商场、市场等人员流动大的区域劝解外出人员尽量不出门以免感染病毒；在村（社区）主干道、小区门口等劝返点值守，劝返春节期间走亲访友外出人员；为居家隔离人员代买体温计、口罩、生活必需品等。

盐池县成立由200余人组成的新时代文明志愿服务巡逻队，开展文明劝导、社会监督、重点区域消毒防护等志愿服务活动，对上街散步、公园广场的活动人员进行劝导，减少人员流动，做好疫情防控工作。

固原市成立青年志愿者宣传队，发放、张贴各种宣传海报、折页、宣讲手册21000余份。组织动员各级各类志愿服务组织积极募集疫情防控物资，累计收到捐款21.56万元、医用物资12000余件（个）、生活必需品2000余箱。

中卫市组织志愿者积极开展防疫知识宣传和政策答疑工作，目前已开展志愿服务活动4327次，劝导群众取消、延期或简办红白事宴请451场（次），组织社会公益组织和爱心人士捐款47.63万元。

中卫市沙坡头区利用微信工作群发放“心理疏导志愿者”心形服务电子卡，为居家隔离人员、在疫情防控一线的工作人员和社区工作人员普及心理健康知识，开展心理健康疏导服务，累计发放“心理疏导志愿者”电子卡3000余张。

截至目前，全区共组织动员志愿者7.98万人，深入到村（社区）抗疫一线参与疫情防控工作。

并肩战“疫”，志愿同行。只要我们万众一心，众志成城，这场疫情防控阻击战，必将取得胜利！

（原载2020年2月22日《宁夏日报》1版　李志廷　马　越）

在空荡荡的大街上坚守

——银川环卫工汪淑英的战"疫"日常

疫情袭来，52岁的环卫工汪淑英却一直未停下手头的工作。

如果说，疫情笼罩下的银川市在被千千万万个普通人守护，她就是其中一个。

星空下

凌晨4时，西夏区缘园小区汪淑英家中的闹钟准时响起。

汪淑英起床简单洗漱后出门，蹬十几分钟自行车，到甘沟路附近的环卫工人多功能驿站领取清扫车，开始沿着马路清扫。

大扫把扫石子，毛扫把推扫马路牙子，小笤帚清理缝隙……万籁俱寂，只有"唰唰"的扫地声陪着她，汪淑英早已习惯了。从

2004年开始，这些活汪淑英干了将近17年。

凌晨天光未亮，汪淑英按作业要求，逆着车辆行驶的方向清扫，在距自己3米处放置锥形桶——方便自己及时看清车辆，防止司机师傅因困乏或看不清而发生意外。

“今天天没亮，一个货车司机可能没看到我，直冲过来，要不是我躲得快，可能就撞上了……”汪淑英淡淡地说，“这种情况工友们几乎都遇到过，我经常提醒自己一定要小心，家里还有老公、儿子。儿子25岁，还没成家呢。”

汪淑英是临时工，一个月工资1870元，就算省着花，生活也捉襟见肘。即便如此，她将日子也过得有滋有味。

而最让她觉得美滋滋的，是看到用心清扫出来的干净的街道。

“这些天大部分人不出门，我们还是要确保街道和以往一样干净。”汪淑英说，“这是我们的工作，不管有没有人看到，都要做好。”

疫情期间行人寥寥，银川这座城市，却依旧如昔日一样干干净净。

“环卫工这个工作，就是不断进行清扫……”汪淑英说，“太普通了，很少有人会注意到我们。”

在疫情最严峻之时仍默默坚守岗位的环卫工，必然是战“疫”中的无名英雄。

晨光中

2月18日7时50分，银川市西夏区宁华园社区东门口。52岁的环卫工汪淑英正蹲在一个垃圾箱前反复擦拭、清洗，空旷的街道上偶尔有一辆车驶过。汪淑英看见垃圾箱后扔着两个又脏又皱的口罩，似乎散发着危险的气息。疫情期间，废弃口罩非常敏感。

“我是家里的主要劳动力，可不敢感染上新冠肺炎，更不能传染给家人。但这是我的职责所在，看见了必须要马上处理，不能让废弃口罩继续暴露在外面。”汪淑英说着，弯腰伸手，快速将废弃口罩折叠，塞入塑料袋密封，扔进垃圾箱。“这些天锻炼出来了……”生性乐观的她，和记者开着玩笑，推着清扫车前往一公里外的澳海澜庭垃圾中转站“卸货”，往出倒垃圾时，她屏住了呼吸。

汪淑英负责的工段在北京西路最西头，有澳海澜庭、宁华园、缘园等小区，有主干道和两条小路，有厂区和营业房。平时，汪淑英会等清扫车的垃圾箱堆满后再去中转站，疫情期间垃圾比平时少了些，但是工作量却是平时的几倍——活要干得比平日里更细、重复操作率也更高，一旦“采集”到不放心的东西就赶紧往中转站跑，一天不知跑多少趟。“不能让可疑物把垃圾箱感染了。”她说。

呕吐物、痰迹、散发着异味的废弃日用品、果皮纸屑、烟头……汪淑英沿着北京西路往东清理，这些污秽之物，就算在平时，人们也会绕着走，疫情期间更是唯恐避之不及，她却必须天天面对。

“不知哪里的人把这里当厕所，我们每天早上都要费很大力气清理这里的粪便……”走到宁华园西大门附近的公交站，汪淑英指着站台说，“疫情期间，那些不讲公德的人也不在这里‘方便’了，说心里话，我们觉得轻松多了，但我们还是更怕病毒。”

看得见的污秽能清理，看不见、摸不着的病毒却不知藏身何处。这无形中增加了环卫工的工作难度。为了清洁得更彻底，这段时间他们常常加班加点地工作。

汪淑英一边清理，一边抬起手对记者说，“看，这是塑胶手套，非常时期要把防护措施做好。”她将平时戴的棉口罩换成了医用口罩；改掉随时接听电话、看手机的毛病；一瓶84消毒液不离手。

树坑里有一堆呕吐物，汪淑英用铁锹铲了些土盖上，用捡拾器夹着纸巾，用力快速擦去人行道上的一口浓痰。把和着泥土的呕吐物铲进垃圾箱，用湿拖布反复擦拭人行道，然后对着清理干净的树坑和地面反复喷洒消毒液。

收拾停当后，汪淑英推上清扫车，又往澳海澜庭垃圾中转站赶去，她的额头已经渗出汗珠，“累点没啥，安全第一……”她一边气喘吁吁地赶路，一边对记者说。

倒完垃圾，汪淑英接着清扫，此时是10时19分，离她凌晨4时出门清扫已经过去了6个小时，而她一天的工作，还远远没有结束。

阳光里

14时30分，汪淑英又开始循环清扫。“工段上有各种树，大叶杨、槐树、柳树，还有好多我叫不上名字的树……”汪淑英站在树下仰头看。

年复一年，这些树木，春日里萌发生机，盛夏浓荫如盖，秋来绯红金黄，冬日萧索苍劲，始终默默陪伴着汪淑英工作。“路上没人，我也觉得孤单……”她盼着人们也能早一天走出家门，让街道重现生机。

15时20分，西夏区澳海澜庭小区居民李斌出门买菜。半个月没出门了，虽然有家人相伴，还是感觉有些沉闷。

阳光照在身上暖烘烘的，周遭很安静，一个人都没有，偶尔有一辆车过去。李斌看到汪淑英拿着扫把，默默地工作着，阳光在她的身上镶上一层金光。“环卫工就那样默默地打扫着卫生，这个场景我以前也见过多次，不知为什么，那一瞬间，我的眼泪就下来了……”李斌说。

澳海澜庭小区曾出现过确诊病例，管控较严，外面的人大都不敢靠近。汪淑英的一个工友一到这里腿就发软。“把自己防护好，该干啥干啥。别没感染上病毒，自己就把自己吓死了……”汪淑英虽然嘴上说着，可还是替工友承担了这个路段的一些工作。

16时22分，汪淑英用小笤帚仔细清扫北京西路加气站北侧的地面。这里曾是一个劳务市场，每天有一二百人来这里找活干，汪淑英还因为打扫卫生时不小心碰到人家的鞋挨过骂。

“不知那些找工作的人最近怎么样？”汪淑英说，“希望疫情早点过去，一切恢复正常，就算受几句奚落也没啥，更何况经过这次疫情，大家肯定会变得更好。”

环卫工人的人员流动性大，这些天，又有一些人觉得危险而辞职了。“我需要这份工作，虽然收入不多，但只要肯吃苦，也是一份生活保障。”汪淑英一边用毛拖把扫马路牙子一边对记者说，“而且，现在正是每个人为国家作贡献的时候，干好自己的活，就是给国家出一份力。”

暮色中

19时10分，在澳海澜庭小区外不远处的路段上，一辆货车发生侧翻，一车砂石洒了近一半，司乘人员处理后开车走了，路面还散落着不少砂石。

汪淑英看到后赶紧拿着扫把和簸箕去处理，一下一下地把砂石从路面黄线处往道牙边扫，直到路面恢复干净。这活看着简单干起来难，不到半个小时，汗水已经湿透了衣衫。

20时12分，汪淑英终于完成今天的工作，到驿站放下工具，拖着疲惫的身体回到了家中。

“回来了？”一位男士的声音和饭菜的香气同时传来。

“嗯，老公你别过来，我消毒……”汪淑英说着，站在门口快速脱下工作服、手套和鞋，喷上消毒液晾到通风处。小心地摘下口罩，用消毒液认真洗手。

“这些天，多少人被感染后躺在床上受罪，多少医生冒着生命危险在疫情一线，多少人在社区值守。我回家能吃到热乎饭菜，一家人天天在一起，已经很幸福了……”记者站在门外，和她道别时，汪淑英说。

（原载2020年2月20日《宁夏日报》4版　张慈丽）

在抗疫一线书写媒体担当

与时间赛跑，与病魔较量。集结号响起，新闻战线的记者、编辑们立即投入这场没有硝烟的战争，用镜头聚焦疫情防控，用笔书写人民情怀。

新冠肺炎疫情发生以来，中央驻宁新闻媒体及自治区各新闻单位抽调精兵强将深入抗疫一线，在磨砺“四力”的战场上奋力书写媒体担当，用笔触和镜头把希望与坚守、力量与温暖传递给公众。记者，也是这场战“疫”中的最美“逆行者”。

中央媒体积极传播宁夏抗疫正能量

守初心、担使命，大写党媒担当。人民日报社宁夏分社采用报网端微视频“六位一体”传播模式，制定了“123”防控疫情宣传报道工作制度。截至3月1日，人民日报全媒体矩阵共发布有关宁夏的报道1600多篇。其中，人民日报客户端和微博全网首发的《宁夏治愈率41.5%》报道，微博阅读量914万，热搜话题阅读量1.1亿；《宁夏发现1例输入性病例紧急寻找密切接触者》的报道，客户端阅读量超过390万，微博阅读量2154万，热搜话题总阅读量1.7亿。

“与记者对话时，董军强的眼睛也始终没离开电脑屏幕。”“趁着说话的工夫，李怀马给手机充上电，随后快速扒拉了两口臊子面，这是他当晚的工作餐。”新华社《瞭望》周刊第7期文章《夜访宁夏抗疫指挥部》，从此起彼伏的交谈声、脚步声中带领读者走进自治区政府办公大楼五楼，从细节处展现了指挥部的繁忙景象，从围点控源、社区防控、医疗资源到生产、生活保障等多方面展示宁夏防控疫情的“硬核”举措。截至目前，新华社各平台共发布宁夏抗疫相关稿件超过1000篇，不少稿件通过中、英、俄、日、泰等多种语言向全世界播发，在海内外产生强烈反响。

光明日报社宁夏记者站采写的《党员，到社区报到》《战“疫”中的小事如此暖心》等报道在《光明日报》显著位置刊发。官方微博刊发的《宁夏书记主席督查暗访新冠肺炎防控》等10多篇稿件，阅读量均超过百万。记者站充分发挥光明日报的理论特色，深入一线采访、提炼总结宁夏“互联网+医疗健康”示范区建设在此次抗击疫情中发挥的特殊作用，为“探寻中国之治的制度密码”栏目采写整版报道。

越是关键的时刻，越要冲在前。经济日报社宁夏记者站、中央广播电视总台央广宁夏记者站、中国新闻社宁夏分社记者主动探访自治区疾控中心、第四人民医院等地，跟拍跟采一线工作人员，采制了一批鲜活、感人的一线抗疫新闻。其中，央广宁夏记者站的《央广“十问”——专访宁夏新冠肺炎诊疗专家组组长、宁夏医科大学总医院副院长周玮》《宁夏中医在新冠肺炎治疗中大显身手的秘诀》等稿件，角度新颖、个性鲜明，积极传播宁夏抗疫正能量。

中国新闻社宁夏分社记者杨笛说：“在每一次采访中，我们都能深切感受到医护人员的担当，这担当包含的不仅是始终坚守的职责，更有逆风前行的无畏，作为一名新闻工作者、当代青年，我们理应冲锋在前。”

宁夏媒体主动发声，彰显责任担当

疫情防控是一场大考，对新闻战线来说更是一次挑战。自1月21日起，宁夏日报、宁夏日报客户端、宁夏新闻网、新消息报、宁夏法治报等多个发布端口的值班人员开启连续上班模式，提前谋划各项工作。截至3月3日24时，宁夏日报报业集团报网端累计推出抗疫文字稿、短视频、H5、动漫、海报等新闻作品4.1万篇（幅）。其中，阅读量“30万+”作品1篇、“10万+”作品48篇、“5万+”作品157篇，总阅读量超过6000万。

“疫情在哪里，我们就去哪里。”经自治区第四人民医院同意，宁夏报业传媒集团全媒体时政新闻频道记者尚陵彬进入隔离病区采访，从晚上8时30分一直到次日凌晨4时，记录了医护人员在最危险的地方开展工作的全过程，引起了社会各界的广泛关注。全媒体时政新闻频道记者张贺接到随宁夏第四批支援湖北医疗队出征武汉的紧急采访任务后，立即随队奔赴前线，把宁夏医疗队在武汉救助患者的故事传回宁夏大地。

“是战士，就要到祖国最需要的地方去。当我踏上武汉天河机场的那一刻，感受到了实实在在的力量，宁夏援湖北医疗队、河北援湖北医疗队……一支支队伍从四面八方汇聚而来，一面面旗帜迎风招展，一声声‘武汉加油，我们来了’的呐喊声响彻云霄。这一刻，在与病魔的较量中，我看到了不断汇聚并且奔向希望的力量。”在工作日记中，张贺记录了他在武汉的切身感受。

做好主题引领，有效引导公众。宁夏广播电视台在《宁夏新闻联播》中开设《党旗在疫情防控一线高高飘扬》《志愿服务在一线》《筑牢基层防线》等专栏，报道贴近基层，令人印象深刻。《直播60分》栏目每天安排记者深入疫情防控工作最前沿，用镜头回应公众关切。广播剧团队仅用3天时间便创作完成首批疫情防控系列方言作品——10集微广播剧《麦羔过年》，在宁夏交通广播及各市、县广播和乡村“大喇叭”等同步播出，通过贴近百姓生活的宁夏方言，将新冠肺炎防控知识融入剧情，引导群众科学防控、精准防控。

华兴时报突出统战系统、政协系统、政协委员等3个报道重点，进一步优化版面，对疫情防控工作专版报道，认真讲好疫情防控阻击战中的政协故事。党员记者发挥先锋模范带头作用，想在先、干在前，以战时状态、战时标准履职尽责，与抗疫战线上的“逆行者”并肩奋战、共克时艰，采写了大量生动鲜活、来自抗疫一线的稿件，报道了广大政协委员，尤其是医疗卫生界政协委员无私奉献的感人事迹，在抗疫的舆论场发挥了激浊扬清、凝聚人心、提振信心的重要作用。

“疫情不退，我们永向前。”这是全区新闻战线工作人员的心声。大家纷纷表示，即使不能赶赴武汉前线，也要做到守土有责、守土尽责，把党和政府的声音第一时间传递出去，坚定党员干部和人民群众战胜疫情的信心和决心，为打赢疫情防控阻击战凝聚磅礴力量。

（原载2020年3月7日《宁夏日报》1版　王　刚）

穿行在街区，一趟趟陪你重启首府生机

——银川301路公交车司机出行记

2月21日6时，沉睡的城市逐渐苏醒，银川301路公交车驾驶员梁斐已经准备出门上班。

十来天了，无论有没有乘客，梁斐和他的同事都按时穿行在城市街区。每一个站点他们都会停留，即便站台上没人。

“好久没感受到喧闹嘈杂了，现在每天都很安静。”梁斐渴盼往日生活中的那份热闹欢腾。他说，疫情让人们在空间上保持距离，心灵上却贴得更近。许多细微的善意和爱，汇聚成暖流，让冷清的城市渐渐有了往日的生机。

（一）

6时30分，贺兰总站公交车场。执勤的工作人员提醒每位进场者进行登记、测体温，合格后会发放一个“已测温”的笑脸贴，进场者拿到笑脸贴才可以进入车场开展后续工作。

“笑脸贴的颜色每天不同，今天是紫色。”梁斐说。

公交车场站门口铺着多条消毒毯，工作人员正在往上面喷洒消毒水。

车场内多路公交车停放整齐，它们本有各自的停车场，但疫情期间，为了便于管理，就集中停放在了一处。

每条线路的公交车前都有几名工作人员在忙碌，他们要在驾驶员到来之前，对车辆进行消毒，并擦拭干净。

“车已消毒，而且已热好车了，你做完发车前日常检查工作就可以出发了。”301线路负责人殷辉向梁斐交代。

殷辉要负责线路车辆的协调、发车前准备等许多事宜，他和消杀组、登记组的同事每天5时起床，6时到车场，提前做好发车前的准备工作。

银川市公共交通有限公司成立了卡点测温组、防控消毒组和督导检查组，分别由专人负责并实行签字制度落实责任。

梁斐打开301路公交车车门，车里充斥着消毒水的味道。“现在已经习惯这种味道了。”做完发车前车况、天然气等日常检查，梁斐打开车窗，驾驶301路公交车，准点发车。

（二）

驶离车场后的第一站有3名乘客上车，他们都戴着口罩，上车后自觉分散而坐，或默默地看手机，或看窗外。

“以往6时40分左右是孩子们上学的时候，热闹得很，两三站路后车上就挤满了人。”梁斐说，公交车的冷清虽然持续了有一段时间，但他还是有些不习惯。

途中，每个站点都会发出语音提示——请全程佩戴口罩，保持车厢安静，打喷嚏时请用纸巾遮住口鼻或用肘臂遮挡。行至贺兰县恒安南街与丰庆西路交叉口，梁斐告诉记者，以往这个时间是早班高峰期，每天都会堵车，两三个灯时能通过都属正常。而此时，宽敞的马路上却没有几辆车。

行至民族运动村站、会展中心站，车刚一停稳，流动消毒站的工作人员立即走过来，对车辆的外车体进行消毒。“乘客经常接触的扶手、椅背、窗边等，要拿消毒液浸泡过的毛巾反复擦拭；每辆公交车进出场站时都要进行全方位的消毒，一趟一消，防控管理非常严格。”梁斐说。

公交车行驶到火车站站点，上来了一位大爷。梁斐立即提醒他：“大爷，车上窗户开着，比较冷，你把衣服扣子扣上，戴好帽子，小心感冒。”

其实，车上的冷，梁斐比任何乘客都体会深刻。乘客上上下下，只是片刻停留，驾驶员却是一待就一整天。“昨天穿了两双袜子还是有点冷，今天我穿了3双。”梁斐说。

301路是银川公交车线路里的长线，以前单趟50多个站点。现在，虽减少了部分站点，但仍有44个。途经建设街、丰庆路、109国道、清和街、上海路、人民广场西街/东街、北京路、惠北巷、通达北街。沿路有很多商铺、学校、商场、小区，还有工业园区。

44个站点，单趟载客数8人。“习惯了满车嘈杂，人挤人，满满当当。现在人这么少，感觉心里空落落的。”梁斐说。

（三）

梁斐返程时，已过了上班高峰期，车上乘客更少，70分钟的车程，仅有5人上车。

行至丰庆路国道站点，看着窗外的站台，梁斐向记者讲述了自己的亲身经历。

2月14日早晨，一个陌生的小伙子在这个站点上车后，将一袋面包和豆浆递给梁斐。“当时他跟我说，你们早上出门早，还没吃早饭吧？这是我给你带的，都是从家里拿的，放心吃。”那杯热热的豆浆，让梁斐一直暖到了心里，也记在心里。

1月29日，梁斐报名做了志愿者，每天去贺兰山路高速路口执勤，从早上9时到晚上20时，登记来往车辆信息，询问车内人员情况，测量体温。

梁斐身上穿着两条棉裤都抵挡不住长时间户外工作的寒冷，不一会儿手脚就冻僵了，非常辛苦。看到执勤点上来自学校、企业、各机关单位的许多志愿者都在坚守，梁斐特别感动。

梁斐有2个孩子，大的8岁，小的6岁，家里还有2位老人。妻子刘春梅每天在家里看电视上的疫情播报，心里十分害怕，但却从未阻拦梁斐去做志愿者。

“他在年前得知疫情的消息时，就想当志愿者，只是一直没有机会，现在好不容易能实现他的愿望，我不拦他。”刘春梅说。

她没有拦梁斐，也没有流露自己的恐惧，只是把家里的口罩全部留给了梁斐，提醒他在外一定要小心。

疫情期间，驾驶员们除了每天正常上班，还要去各卡点执勤。在车场内做消杀员，去高速路口执勤点做志愿者，每个人都是这次抗疫中的战士。

“公交车虽然载客量不多，但我想，人们每天在大街上可以看见公交车来来往往，一如往昔，也是一种安慰。”301路晚班车驾驶员宋薇说。

19时48分，宋薇驾车从通达北街公交始末站出发，21时到达贺兰车场。

车行一路，霓虹璀璨。“银川的夜景真漂亮。”宋薇感叹道。

21时的贺兰车场依然忙碌。301线路负责人殷辉高兴地说：“这几天载客量每天都在增加，我们应该很快就能恢复正常工作了。”

（原载2020年2月24日《宁夏日报》4版　智　慧）

大山里，看见特困生上网课

西吉县是宁夏唯一一个尚未脱贫的县。

在疫情“大考”面前，这里特困家庭的学生能不能按时上网课？

近日，记者在偏远的山村走街串户，记录下所见所闻。

在高处找信号

西吉县马莲乡堡子山坳里坐落着十几户人家。崭新的砖瓦房与砖木旧屋合围成的农家小院，雪水汩汩地淌在香水梨树下，花蕾在萌动。

3月3日10时，苏芳、苏梅姐妹俩趴在东屋茶几上学习。屋里干干净净，旧床单浆洗得有些发白。

苏梅姐妹俩从手机上记作业。

这个点是九年级学生苏芳上网课的时间。她伸直脖子，盯着15英寸的平板电脑，生怕漏听一句话。手里的笔在课本、笔记本上飞快标记着。

六年级学生苏梅已听完网课,整理着课堂笔记。钢笔字横平竖直，无半点潦草和涂抹。

6岁的侄儿也加入学习队伍。苏梅先在生字本上写上一个字，再抓住侄儿的手一笔一画地教，然后让他自己写。

4岁的侄女嘻嘻哈哈冲进东屋，看见大家都在学习，突然安静下来。不写字也不看书，但她却跟着苏芳上网课，一副认真的样子，也不知道她从九年级的网课里听懂了什么。

中午时分，网课结束。苏家姐妹拿着家里唯一一部手机出门找网络信号，查看老师留的作业。

“风吹过来，信号就好一点；风吹不过来，信号就只有一两格，点击‘云校通’光转圈圈，打不开。”苏家姐妹满山找信号，尽量往高处去，或尽量往拉了网络宽带的人家院子附近走。

站在老堡子上方，苏梅把手机举得高高的，左右摆动寻找信号。终于打开了“云校通”学习软件。苏梅念一句老师留的作业，苏芳在本子上记一句。

回家路上，苏家姐妹看见苏平兵弟兄仨摆弄着卫星电视信号接收锅。

苏平兵家原先的卫星电视信号接收器坏了，西吉县教体局最近给他家捐赠了一套新的，但信号还是不太好。“《空中课堂》播着播着就卡住不动了。”苏平兵只好一遍又一遍地开关电视，断断续续上课。维修人员说好这两天来修，但等不及维修人员来，他们仨就动手摆弄接收锅找信号了。

正上八年级的苏平兵是庄子里学习最好的学生，曾被西吉县选派到上海市参观，开眼界长见识。他每晚预习课本，不但能基本弄通第二天上课的内容，连课本上的习题都做完了。第二天上网课，他只有针对性地学自己不会的，要是还没听懂，他还会打开“学习强国”，通过《空中课堂》回放学习视频。

仨兄弟有两部手机，但妈妈怕他们玩游戏，平时舍不得用教体局赠送的网络流量。只有在他们下载和提交作业时，妈妈才打开流量热点，把手机放在信号最好的地方——窗台上那瓶紫药水跟前。

苏平兵千方百计地学习，是因为一个梦想。

邻村姐姐铁新去年以688分成为宁夏高考文科第一名，被北京大学录取。苏平兵也有一个北大梦。

一个村庄里有一群好学进取的孩子，这个村庄的未来就不会差到哪里去。

坐在阳光里

3月4日午饭后，院子外打麦场上，邻居开动铡草机，嘈杂声灌入8岁的苏永军耳朵里，细草末飞落在他的鼻梁上。午睡时睡不着，他趴在炕上盯着相框里妈妈的照片看。

他的妈妈去年患心脏病离开了人世。虽然还有爸爸和两个哥哥的疼爱，但苏永军整天沉默不语，蔫蔫的。

苏永军起身接了一瓢自来水，浇家里唯一的绿植。那是妈妈生前栽的一株芹菜，他没舍得割过一次。

快到《空中课堂》的开课时间了，苏永军夹着课本和作业本出门，去好朋友家上网课。

水泥路旁边的土房子刚被拆倒，尘土溢满路面。穿着红毛衣的苏永军左蹦右跳，尽量不让尘土弄脏鞋子，那是妈妈给他买的鞋。

远远看见兴隆镇范沟村小学校长马孝杰出现在路的那头，苏永军的心提到了嗓子眼。

“你不在家里上课，乱跑啥呢？”马孝杰一看见他就大声问。

苏永军规规矩矩站好，说：“我在家里听不了课。”

“教体局刚给你送了一部手机让你上网课，你咋又听不了课？”马孝杰怕吓着这个腼腆的孩子，轻声问。

“我不会用，乱点了一通，没费了。”苏永军头也不敢抬。

“唉！我想办法给你再要点流量。”马孝杰跟着苏永军走进他好朋友的家。电视上正在播放八年级数学课，几个大一点的孩子正在听课。

“把你们俩今早的语文作业拿来。”苏永军和好朋友磨磨蹭蹭地拿出作业，马孝杰一看就一肚子气：作业不但没写完，还错题满篇！

“你俩今早就没听懂，搬桌椅到院子来，我用手机回放，你俩重学。”马孝杰打开自己的手机调出课件。

阳光里，玉米垛间，两个男孩眯着眼盯着手机跟读。

马孝杰查访到四年级学生冶振振家时，冶振振正趴在炕上写数学作业，年迈的姥姥在院子里收拾柴火。

父母离异，母亲改嫁，冶振振与姥姥相依为命。姥姥不识字，不会用手机，无法辅导冶振振学习。冶振振把教体局送来的手机用欠费了，早上的语文课也没听。

坐在院子里，马孝杰打开自己的手机调出《琥珀》课件，回放给冶振振看，自己开始鼓捣冶振振的新手机。手机的确没话费了，只能接听不能拨打，不能上网，马孝杰只好请求教体局再给这个娃一个流量包。

马孝杰一回头，看见趴在靠背椅上的冶振振正跟着手机卖力读课文："许多老松树渗出厚厚的松脂，在太阳光里闪闪地发出金黄的光彩……"

春天来了，冶振振家院里的大杏树上落满了麻雀，它们在拼命歌唱。

照亮学子心

什字乡杨庄村小学生冯志军的父母在外打工，已经几个月没回家了。奶奶没有智能手机，冯志军因此不能上网课。

该乡唐庄村小学生马小花的父母在新疆务工，近一年未返乡。她和姐姐共用一部手机上网课，因课时冲突，耽误了不少课程。

2月4日傍晚，西吉县教体局和西吉黄河银行的工作人员给他们送来了手机，移动公司工作人员当场开通网卡，解决了他们上网课的难题。

"随着复工复产，家长带手机外出打工，全县还会有一些学生没有手机上网课，我们会精准摸排，对特困生家庭进行帮助。"西吉县教体局工作人员王宗义说。

“保卫村一年级学生舍志功父母离异，都在外打工不回家，他跟着爷爷奶奶生活。没手机、没电视，上不了网课，能不能给娃一部手机？”什字乡中心小学校长王兆武问。

“行，我们等会儿送过去。”王宗义一口应承下来。

夕阳西下，红城子水坝波光粼粼，水鸟嬉戏。农田还被旧地膜裹覆着，村民已送牛粪入田。

穿过长长的坝堤，上一截坡路，就到了舍志功家。

昏暗的灯光下，7岁的舍志功趴在炕上学习。他紧握铅笔在作业本上一笔一画写生字。

王宗义打开手机调出《吃水不忘挖井人》课件。舍志功看见自己的新手机，听见女老师优美的朗读，眼中充满惊喜。他立即趴在炕上，翘起两只小脚板，翻开课本，跟着手机学起来。

“老师，我没手机上课也好好念书着呢，不信，我给您背课文。”

不由分说，舍志功就背了起来：“春回大地，万物复苏。柳绿花红，莺歌燕舞，冰雪融化，泉水叮咚……”

“这娃聪明好学，要是把学习抓好了，将来有大出息。”王宗义爱惜地说着，手把手教舍志功用手机上网课的步骤，并在生字本上写下网课的课程表。

“早上不敢睡懒觉，八点开始上课，七点半就得起床。上课、看作业、交作业时用手机，平时不要乱用，不能打游戏，流量用完了就上不成课了。”王宗义细细地安顿着，舍志功懂事地连连点头。

走过红城子坝堤，回望保卫村。一串串路灯让山村不再漆黑，灯光照进了特困生们的心里。

记者手记

用“绣花功夫”放飞贫困学子梦想

突如其来的新冠肺炎疫情，让西吉县面临着一场新的脱贫攻坚“大考”。

西吉县特困生不足百名，是全县82700名学生中的极小部分。而这占比很小的“极少数”，恰恰是脱贫攻坚中需要格外关注的“难中之难”“困中之困”。

《空中课堂》这个新型教学方式像一把巨型耙子，暴露出脱贫攻坚的短板。

为了让《空中课堂》覆盖每位学生，西吉县全力摸排被遗落在网课之外的特困学生，并在雪中送炭中逐一销号。目前赠送网络流量82000人，免费安装调修卫星电视接收机顶盒186个，为39名特困生每人捐赠一部智能手机。

“随着新冠肺炎疫情防控逐步降级，家长们将携带手机外出务工，还会有更多特困家庭的孩子无法上网课，西吉黄河银行将全部兜底包揽，差多少部手机就捐赠多少部。上网课，一个学生都不能少。”西吉县教体局局长王自元说。

（原载2020年3月6日《宁夏日报》3版　王玉平）

面对疫情他们做出了同一个选择

自新冠肺炎疫情发生以来，在银川市金凤区丰登镇疫情防控一线，有这样一群人，他们是“70后”“80后”“90后”“00后”的医护人员，他们用身躯守着群众健康最关键的一道大门。他们说：“我们是共产党员，疫情当前，我们要身先士卒，为大家作表率。”他们说：“我们是共青团员，病毒来了，我们决不退缩，定会抗争到底。”他们说：“我们是医护人员，救死扶伤义不容辞，誓要打赢疫情防控阻击战。”尽管他们年龄不同，可面对疫情，他们做出了同一个选择。

“70后”：同心协力定会取得胜利

“70后”的丁雪松是丰登镇卫生院院长，作为一名党员，从抗疫号角吹响的那一刻起，他就坚守在医院，不曾休息过。

制订方案、组织培训、设置预检分诊点、设置火车站及北绕城各卡口防疫筛查点及金凤区疫情集中医学观察点、查看及督导各卡点和社区卫生服务站防控工作、督导辖区各企事业单位（包括村居、小区、物业等）消毒及防控工作、疫情防控知识宣传、调配物资等各项工作都是亲自安排部署，亲自督促落实。

丁雪松既是指挥员又是战斗员。预检分诊，需要搭建帐篷，他带头动手搭建；分检要求工作人员一律在户外坚守，天寒地冻，医护人员的手冻得通红，他看在眼里急在心上，为医护人员申请棉大衣。医疗物资缺少，丁雪松竭尽全力多方联系，保障了全镇81名一线医护人员的必需物资的供应；在医院诊断或排摸出疑似患者时，他总是冲在前面，直至120救护车将人接走。

白天夜晚连轴转，连续熬夜使他本来就消瘦的身体，此时更显憔悴。同事劝他调休一天，他却坚持工作。

“80后”：疫情来了我必须上

“请让一下，小心碰上了……”“80后”的赵增银抬着床边走边提醒着身边人，口罩遮住了他的大部分脸，眼睛眯成了一条线，他是丰登镇卫生院中医科的一名医生。

赵增银刚刚从火车站防疫点执勤回到卫生院，就接到医院要布置隔离点的通知。白衣天使们变身采购员、搬运工、安装工，在大家的努力下，丰登镇隔离点仅用两天时间就建立起来了。

赵增银已连续坚守岗位20多天，尽管非常疲惫，可当他投入到工作中时，立马满血复活、精神抖擞。“疫情当前，组织安排我在哪里，我就坚守在哪里。”在大家看来，赵增银是一位尽职尽责的医生，可每次与妻子和孩子视频完，他总是不由得潸然泪下。

“年前答应儿子要陪他，现在却食言了，我不是一个好父亲。可是，疫情来了，我必须上，因为我不仅是一个父亲，更是一名医生。”赵增银说。

“90后”：我们是居民和病毒之间的那堵墙

“我们核对一下今天的工作台账……”她扑闪着大眼睛，一边翻着手中的台账，一边征求社区工作人员的意见。她就是“90后”凤北家园社区卫生服务站站长赵君君，年纪不大的她，工作经验很丰富。

疫情阻击战打响时，赵君君带领着6名“90后”女生，严格落实金凤区卫生健康委、丰登镇卫生院关于疫情防控的工作部署，立即与新联、新丰两个村委会拟定疫情防控方案，施行“一体联动，联防联控，群防群控”的目标任务。

针对来银返银人员，赵君君带领卫生服务站所有人员进行详尽细致地信息采集，并与村委会进行对接，做到信息共享。她带领的“90后”主力军守护在凤北家园2000多户4500余人的健康第一线，截至2020年2月28日，共观察居家隔离72户168人，预检分诊234人。

“作为新时代的年轻人，抗击疫情需要我们。我们的工作就是要在疫情防控的第一线将防控措施落实到位，做到早发现、早报告、早隔离、早诊断、早治疗，因为我们就是居民和病毒之间的那堵墙。”赵君君说。

“00后”：最有价值的青春是为国家作贡献

“28号楼2单元的居家隔离人员体温正常，3号楼2单元居家隔离3人……”她健步如飞地穿梭在小区的楼宇间，说到所负责的小区居家隔离人员情况，她如数家珍。她就是金凤区凤北家园社区卫生服务站的“00后”护士赵政娜。

本来已经返乡过年的赵政娜，接到疫情防控的通知后，义无反顾地回到了工作岗位，她说：“我是年轻团员，更是一名护士，疫情当前，我必须赶快回到工作岗位。”

自1月25日上岗以来，赵政娜一直坚守在防疫一线，预检分诊、“四包一”入户、为居民宣讲居家消毒的正确方法、为过往居民测量体温，凤北家园小区处处都可以看到她的身影。

“这次疫情，让我明白，最有价值的青春，是能为国家为社会作贡献。”赵政娜坚定地说。

（原载2020年2月28日《银川日报》4版　詹思佳）

这是我们的责任和使命

突如其来的新冠肺炎疫情打乱了很多人的春节计划。

1月21日，农历腊月二十七，接到医院通知后，中卫市人民医院感染性疾病科主任张晓娟的心反而安定下来了——她被任命为医院感染科隔离病区的负责人。

“在这个特殊的时刻，医院需要我们，老百姓需要我们。”1月22日，张晓娟义无反顾地走进了感染科的隔离病区，和医护人员一起，构筑起了中卫市防控新冠肺炎疫情的一道坚实防线。查房、测血压、开医嘱、给病人订餐、总结经验、查漏补缺……

隔离病区位于院区的一角。从进入隔离病区开始，张晓娟便感受到了不一样的气氛。出于本能，她心中的那根弦一度绷得很紧。

在治疗之外，医护人员要做的一项重要工作就是对病人进行心理疏导。除了医治患者外，张晓娟还要保证隔离病区其他医护人员的安全。

张晓娟告诉记者，接到疫情防控通知后，感染性疾病科原病区在两个小时之内腾空了所有病房，为疑似新冠肺炎患者留观、治疗预留病房。同时，感染性疾病科的全体医护人员参加了新冠肺炎的诊疗及防控培训，掌握了诊疗指南和防控要求。医护人员24小时坚守岗位，加强病例监测。

记者注意到，在进入重症隔离病房时，总共要经过三道门。进入缓冲区后，记者被要求戴上防护面屏和医用帽。旁边就是重症隔离病房，透过门上的玻璃，记者看到了正在忙碌的医护人员。

“每次穿好一套防护装备需要用15分钟时间，穿上后十分闷热，走十分钟，全身是汗。”张晓娟说，在隔离区病房工作的医护人员非常辛苦。他们不能喝水、上厕所，因此，医护人员必须4小时一轮换，以便休息、恢复体力。

“同事们基本都不回家，在值班室内休息一下，有需要就立即投入到战斗中。他们之中，有的家里孩子特别小，有的是家人身体不好，但大家都没有怨言。”感染性疾病科护士长黄海霞说。

1月26日凌晨1时的那一幕，让中卫市人民医院副院长、疾病防控组组长王军萍记忆犹新。当时，四川籍一家3口从中卫市坐火车欲前往广州，在进站时工作人员发现25岁的男子有发热症状，医院医务工作者立即将他们带至医院的留观病房，并迅速召集院内疫情防控小组专家返院，为他们进行检查。经专家鉴定，该发热患者未感染新冠肺炎，一家3口均排除了感染风险。“考虑到该男子一家因疫情排查延误了火车，为了减轻其经济负担，我们给他筹集了700余元路费。”王军萍说。

在中卫市人民医院门诊大楼门口，发热门诊绿色通道的指示牌异常醒目。特殊时期，医院设置了专门通道，患者通过体温检测后才可以分诊就医。王军萍告诉记者，预检分诊区24小时不离人，主要任务是对进出医院的人进行体温检测并督促大家戴口罩，对高温病人由专人引导分诊。随着疫情的发展，医院加强了发热门诊的力量，实行24小时三班倒，医护人员采取二级防护措施，需要穿防护服。

透过玻璃窗，记者看到在发热门诊区，全副武装的医护人员井然有序地接诊发热患者。他们放弃与家人团聚的机会，默默奋战在抗击新冠肺炎的最前线。

自医院开设发热门诊以后，折桐成了这个诊室的门诊医生之一。他介绍说，因为引起发热的原因很多，先要进行鉴诊，看患者有没有流行病学史，再排除其他疾病引起的发热。如果有新冠肺炎疑似患者，将会把他们带到专门的诊室进行隔离诊疗，直至确诊。

防护服的面罩容易起雾，严重影响视线。雾气凝结成水珠，在脸颊上、脖颈里流淌，冰冷刺痒，但大家不敢伸手去挠，只能咬牙强忍着。累了，大家就趴在桌子上或坐椅子上小憩……他们给家人、给朋友、给同事、给自己说得最多的一句话就是：这是我们的责任、我们的使命！

（原载2020年2月1日《中卫日报》2版　冯博睿）

在我眼中你最美

——致敬奋战在吴忠市抗疫一线的“逆行者”

1月28日，吴忠市人民医院的15名医护人员组成首批援鄂医疗队，驰援武汉，奔赴抗击新冠肺炎疫情工作一线。面对疫情，在春节期间，他们毅然舍弃团圆的机会，告别爱人、儿女、父母，加入“逆行”大军。

疫情就是命令，防控就是责任。自疫情防控阻击战打响以来，吴忠市卫生健康系统的各级党组织和全体党员干部，全力投入疫情防控一线，遏制疫情蔓延势头，奏响了一曲曲感人的抗疫之歌。

截至目前（2月5日），吴忠市累计出动基层医务人员6986人（次），精准排查15676人。

夫妻携手“逆行”抗疫一线

在吴忠市利通区金积镇中心卫生院有这样一对夫妻，丈夫王俊杰是副主任医师，从事医疗工作有28个年头，妻子张晓娟是副主任护师，从事护士工作有29个年头。

疫情发生后，夫妻俩从大年初一开始就坚守在疫情防控一线。作为一名党员，王俊杰深知自己的责任重大。他说：“我们应该把所有事情都尽量做到前面。哪里需要我们，我们就到哪里去。”

刚接到单位的工作安排，王俊杰和张晓娟就分时段在京藏高速公路吴忠出入口执勤，监测所有进入市区人员的体温。“我下班了，她上岗了。”王俊杰没有怨言，他说：“作为医务工作者，我们一切行动听从上级安排，要做到不怕苦、不怕累，我们有信心和全国人民战胜这次疫情。”

1月29日，王俊杰被单位安排到医院门诊，负责预检分诊，张晓娟则继续留在京藏高速公路吴忠出入口执勤。每天上班时，王俊杰和张晓娟总要相互叮咛、互相打气，他们相信，只要齐心协力，一定会渡过难关。由于张晓娟平时有点体位性低血压，站得时间过久便会头晕。担心妻子的王俊杰每天要等张晓娟下夜班回家后才放心。“我回去了，他才能安心；他心里踏实了，我也就踏实了。”张晓娟说，“医院是疫情防控的主要阵地，风险也高，我们只有做好自我防护，保护好自己，才能更好地服务其他人。”

像王俊杰和张晓娟夫妻二人一样，吴忠市医务工作者为了打赢疫情防控阻击战，奋战在疫情防控一线，贡献着自己的力量。春节期间，吴忠市卫生健康系统各级党组织和全体党员干部全员上班、坚守岗位、靠前指挥、连续作战，全力以赴抓好疫情防控工作。领导班子成员多次到各县（市、区）、医疗卫生机构、防疫检查卡口、社区、农村等重点场所检查疫情防控工作。

为加强疫情防控工作，吴忠市直卫生健康系统组建疫情防控党员先锋队17个，共293名党员投身疫情防控一线。全市确定5家定点救治医疗机构，设置了10家发热门诊医疗机构，各级妇幼保健机构和基层医疗卫生机构（含乡镇卫生院、社区卫生服务中心、社区卫生服务站、村卫生室）认真做好预检分诊工作。

白衣天使的勇敢“逆行”

“若有战，召必回，战必胜。”连日来，新冠肺炎疫情牵动着吴忠市人民的心。在这个特殊时刻，盐池县人民医院300余名医护人员写下《请愿书》，并按下红手印，请战阻击疫情。

“虽然我们力量有限，但我们仍想在此次‘逆行’中贡献自己的力量……”盐池县冯记沟乡卫生院职工和村医纷纷表示将不畏生死、随叫随到。

在利通区古城镇党家河湾村，何英是该村卫生室的一名保健员，也是2020年村党支部确定的发展对象。疫情发生后，村里人总能看见何英骑着电动车，穿梭在村庄巷道的身影。她挨家挨户为外来人员量体温，宣传疫情防控常识，并为有感冒症状的村民答疑解惑。何英说：“在特殊时期，我们要积极响应党组织的号召，完成组织分配的工作任务。虽然我现在只是一名发展对象，但我会始终以正式党员的标准严格要求自己，用实际行动接受组织的考验。”

1月31日22时，利通区金积镇中心卫生院外科医生蔡建国转送完确诊病例的密切接触者后回到院里，还没换下防护服便直接坐在办公楼台阶上，他已经累得没力气说话了……这一天，蔡建国换了两次防护服，第一次穿了5个小时，第二次穿了4个多小时，直到凌晨0时才脱下来。

……

新冠肺炎疫情发生后，吴忠市广大医护人员放弃休息，主动请缨奔赴疫情一线。他们每个人都在为打赢这场没有硝烟的战争而全力以赴，他们为爱“逆行”的身影，成为2020年春节最温暖的风景。

目前，吴忠市卫生健康系统已有3068名医护人员主动请缨值守发热门诊、预检分诊，有268名党员递上《请愿书》申请前往防控一线，有6名党员主动请战加入宁夏援鄂医疗队。全市10家发热门诊累计接诊1681人次。累计追踪到确诊病例密切接触者93人，解除医学观察13人，共有56人正在接受医学观察。开展流行病学调查50人次，实验室核酸检测78人次，对2.32万平方米公共场所进行消毒。共对74家医疗卫生单位、52家公共场所疫情防控工作进行监督检查。

（原载2020年2月5日《吴忠日报》1版　贾　丽）

一份志愿者招募令刚发出
彭阳群众踊跃报名去战“疫”

“我是党员，我报名。”

“我是彭阳县一名出租车司机，我有一辆7座车和一辆出租车，如果能用得上，请随时联系我。”

“我是农民，我有一辆轿车，希望能派上用场。”

“我是退伍军人，我想加入。”

……

固原市彭阳县的一份志愿者招募令刚刚通过微信发布出来，党员、农民、退伍军人、出租车司机、货车司机纷纷留言，踊跃报名。

当前，是全国上下众志成城抗击疫情的关键时期，彭阳县新时代文明实践中心特向全县招募宣传引导、后勤运输、物资募集、秩序维护、防控支援等人员，为抗击疫情工作储备志愿者。拟将志愿者安排到协助乡村、社区干部排查登记、测量体温、宣传防控知识及各点设卡劝返等工作一线。

此外，彭阳县委宣传部、县文明办、团县委办公室，从2月3日19时30分开始，热心群众的报名电话便不间断地打了进来。“晚上接电话接到10点多，早上刚上班就开始接受报名，中午都没顾得上休息。”彭阳县文明办工作人员王明利说，“招募工作主要通过网络和电话这两种渠道开展，具体报名人数还没有统计，但截至2月3日14时，仅电话报名人数就有300人左右。”

（原载2020年2月7日《固原日报》1版　樊永凤）

固原市原州区人民医院医护人员坚守抗疫一线

在这个特殊时期，无数白衣天使奋战在一线，为抗击新冠肺炎疫情筑起了一道强有力的屏障。固原市原州区人民医院的医护人员也不例外，尤其是党员干部自愿放弃休假，不惧艰险坚守在抗击疫情一线。

（一）

医院感染科是这次疫情防控的主阵地。接到通知后，科室负责人将原有的17个隔离病房、65张床位重新统筹安排，腾出一层楼，为新冠肺炎患者预留床位。如今，这里已严格划分出清洁区、污染区和半污染区。

有着24年党龄的护士长王慧霞在刚刚接到任务时，忙得一连几天顾不上回家。她培训医务人员穿戴防护隔离服、使用防护用具，负责患者的治疗、生活护理，负责科室护士的排班、换岗以及物资调配统筹……尽管工作已经做得非常细致，但她依然每天督促、帮助同事做好防护，严把进入隔离病区的每一道关。现在，这里还有7名留观者，大家说，留观数字不清零，就一刻都不能放松警惕。

（二）

“大夫，我的孩子身上出疹子了，能不能帮我们看看。”2月3日，儿科值班人员接到一名从湖北省回宁人员的电话。这一家人正在居家隔离，孩子只有1岁零8个月。为了避免患儿来医院造成交叉感染，儿科派出业务骨干海辰乙上门为患儿诊治。“救死扶伤，为患者服务就是我们的工作。”科室主任陈保卫说。

儿科是医院党员先锋岗科室。这一段时间，医务人员发现部分患儿病情较重时才去医院就诊，问其原因，家长道出心中的疑虑：“一旦有发烧的迹象，是不是会被隔离？”陈保卫意识到，理性对待、科学防疫很重要。他即时调整工作思路，告诉医护人员，要为患者及时宣传疫情防控知识，消除顾虑。“普通肺炎和新冠肺炎是有区别的，病毒没有那么可怕，做好日常防护，勤洗手、多通风、不要进出人员密集场所就可以有效防护……”

（三）

医院司机班有5名退伍军人，他们都是在部队立过功的老党员。

贾海功是救护车司机，每有发热病人需要治疗时，不管是白天还是夜晚，他总是毫无怨言地接送。防疫期间，每接回来一个发热病人，司机就要被隔离。从疫情发生到现在，贾海功一直住在隔离区，没有回过家。业务车司机高峰患有高血压、腰椎病、颈椎病，在这次疫情防控阻击战中，他依然马不停蹄地往返于医院、隔离酒店、原州区疫情防控指挥部、机场等地，运送物资、接送人员、为隔离人员分送餐。没有人知道每天深夜下班时，他是怎样拖着疲惫的身体离开工作岗位的。

在医院，这样的故事时时发生，平凡却感人至深。在抗击新冠肺炎这场看不见硝烟的战争中，原州区人民医院718名干部职工全天候坚守岗位，严防死守，守护着百姓的健康。

（原载2020年2月13日《固原日报》2版　马　瑞）

“我是外国人，但不是外人”

他是疫情中选择留在中国的外国人，见证了中国抗疫的有力举措，感受了中国民众不畏困难的坚韧，体会到了中国社会互帮互助的温情——他在留守中期待抗疫胜利，在感悟中更加了解中国。他就是王立轩，来自伊拉克，2014年来到宁夏，从事影视拍摄工作至今。“现在，我感觉在中国比在其他地方都安全。”王立轩说，中国政府和民众在疫情期间的表现，让他印象深刻。

1月22日，结束了在石嘴山市优宜家物流中心（有限公司）的拍摄工作，王立轩打算利用春节假期好好休息一下。新冠肺炎疫情突如其来，和所有的中国人一样，王立轩宅在公寓里，看电影、做饭、与朋友网聊……戴好口罩和手套再出门，回家后认真洗手，他的生活和当地人没什么不同。“我尽量减少与人接触，不去拥挤的地方，和大家一样认真预防。”王立轩说。

“儿子，听说中国不安全，我让你哥给你订了机票，赶紧回来。”1月28日，王立轩接到家人的电话，电话那头的父亲非常焦急，他担心王立轩的安危，命令他立刻回国。随着疫情进一步发展，外国网络上各种流言铺天盖地。“怎么会这样？视频里明明在说‘武汉加油！中国加油’，下面的字幕翻译却成了‘我们饿死了、救命啊，饿死了、救命啊’，这不公平！”看到这些虚假的报道，王立轩说。

“我眼中的中国和你们听到的、看到的是不一样的，我在这里很好、很安全。”面对境外媒体对中国疫情的不实报道，王立轩毅然退了回国的机票。

这个决定按下了王立轩深入了解中国抗击疫情的“启动键”。居民进入小区登记信息、测量体温；大型超市货源充足，市民有序购物；对外来人口认真排查，对公共区域进行消毒……中国政府一系列抗击疫情的举措和民众团结一心、坚韧不拔抗击疫情的精神让他感动。

守望相助的精神同样感染着王立轩。社区每天致电询问他的身体情况与物资需求。

为了把看到的真实信息传到国外，王立轩决定利用自己在网络上的影响力，发起视频公益挑战。“我在外地拍戏的时候结识了不少其他国家的朋友，我向他们发出邀请，希望大家能拍一下身边的故事，让世界了解到一个真实疫情防控下的中国。”王立轩说。在北京的巴基斯坦人、在上海的伊朗人、在湖北的俄罗斯人……大家纷纷响应，拿起手机记录疫情下的中国，用不同的语言喊出“中国加油！武汉加油”为中国抗疫加油打气。

短短两天时间，王立轩就收到了30多个分布在全国各地外国友人发来的视频，他把收集来的视频上传到Facebook、YouTube等国外社交媒体上，也给父母发了一份。“我把视频发给了妈妈，她放心多了。”王立轩说。

“虽然有很多人点赞，但我觉得还不够，自己既然是做影视文化工作的，在这个非常时期去拍一部反映中国人抗疫的微电影，不就是对中国最好的支持吗？”2月25日，王立轩复工了，他把这个想法告诉了团队其他人，大家一拍即合。疫情期间拍电影不是一件容易的事，剧组工作人员要克服很多困难，经过十几天的努力，微电影《飞过矮墙的靴子》制作完成。这部作品由王立轩的真实故事改编，全面真实地呈现了中国民众在疫情防控下的日常生活和工作。

“我拍微电影不为别的，就是要把真实的事情讲出来，我会努力把这个片子传播到宁夏、全中国还有国外去。”王立轩说。微电影拍摄完成后，王立轩联系到了阿拉伯电视台，希望能把作品传播到更远的地方，也希望世界各地的人们在了解中国的同时，做好防护，共同抗击疫情。

自从2月27日我国向伊朗派出首支医疗专家组以来，现已分别向伊拉克、意大利、塞尔维亚和柬埔寨等多个国家派出医疗专家组，中国以开放合作的行动诠释了构建人类命运共同体的重要性。“抗击疫情期间，中国向世界展示了强烈的责任感和强大的凝聚力，这是最值得骄傲和称赞的地方。父母现在对我很放心，我反而担心他们的安全，想给他们买机票让他们来中国。”王立轩说，“疫情发生之后，所有中国人团结一致，全社会都投入到抗击疫情的工作中。在中国5年多的生活让我真正体会到了中国人的善良、热情以及质朴。这次疫情防控期间，我对中国人的品格有了全新的认识，那就是坚韧不拔。我希望自己能为中国未来的建设添砖加瓦。”

王立轩说，相信用不了太长时间，中国人民一定能彻底打败病毒，赢得抗疫的最终胜利。

（原载2020年4月17日《石嘴山日报》1版　李　薇　米振卿　李　媛）

确诊病例清零、密切接触者清零、医务人员零感染、确诊病例零死亡

宁夏战“疫”实现“四个零”目标

专家：医院和社区仍是疫情防控的主战场

3月16日16时，在自治区诊疗专家组全体成员护送下，宁夏最后2例新冠肺炎确诊患者——65岁的张某和23岁的丁某走出自治区第四人民医院隔离病区。至此，宁夏战“疫”实现“四个零”目标：确诊病例清零、密切接触者清零、医务人员零感染、确诊病例零死亡。

“有一段时间，大家的压力非常大，特别担心实现不了‘零死亡’目标。”宁夏诊疗专家组组长、宁夏医科大学总医院副院长周玮说。在宁夏75例新冠肺炎患者中，共有危重症患者2例、重症患者12例，重症及危重症患者占比达18.7%，这个比例并不低。宁夏“举全区之力”救治，分别对2名危重症患者采取了“康复者血浆治疗”，对病情最严重的米某采取了高流量吸氧、无创通气、气管插管治疗等。

3月14日，米某治愈出院，专家们心里的石头才落了地。

疫情发生以来，宁夏从全区各级医疗机构抽调重症医学、呼吸内科、急诊急救、感染病学、院感防控、临床检验、影像诊断、中医药学等专家组建自治区新冠肺炎诊疗专家组，将自治区第四人民医院设为定点救治医院，对全区确诊新冠肺炎患者进行集中救治。坚持中西医结合，对个案病情精准分型，一人一案、一人一策，精准施治；通过早干预、早治疗，避免患者病情由轻症拖延成重症，由重症转为危重症。截至3月16日16时，宁夏累计报告确诊病例75例，境外输入病例3例，累计解除医学观察4719例，经自治区诊疗专家组和自治区第四人民医院全体医护人员精心救治，所有患者治愈出院，无死亡病例，治愈率达100%。

据自治区诊疗专家组副组长、宁夏医科大学总医院呼吸与危重症医学科主任郑西卫介绍，按照疾病发展规律，目前我们仍不能放松警惕，还要继续关注疫情变化，医院和社区仍是疫情防控的主战场。自治区诊疗专家组将继续做好出院患者的复诊工作，在患者出院后的第2周和第4周分别进行远程复诊，使所有患者完全康复。

（原载2020年3月17日《宁夏日报》1版　尚陵彬）

在这个没有硝烟的战场，
他们日夜坚守在最前线，用生命守护生命

让我们的文字起立，向他们致敬

宁夏抗疫55天，他们日夜坚守在抗疫最前线，不胜不归。

他们就是自治区第四人民医院的白衣战士。

疫情袭来，他们第一时间迎战

1月24日凌晨，农历大年三十，自治区第四人民医院呼吸一科主任徐麟被一阵急促的电话铃声惊醒："快，宁夏发现了一例新冠肺炎疑似患者，需要您立即赶往中卫市疾控中心诊断。"

驱车赶到中卫，徐麟与中卫市相关专家投入紧张战斗，最终将这名患者确定为疑似病例，转入自治区第四人民医院继续观察，并采取措施予以治疗。从这一天起，徐麟便开始忙得顾不上回家。

当天，与徐麟同时接到通知的，还有该院门诊部主任程瑞霞。1月14日，国家卫生健康委部署新冠肺炎疫情防控工作后，自治区第四人民医院对宁夏新冠肺炎确诊病例救治工作进行全面部署，要求全体临床、医技、行政、后勤工作人员24小时在岗，全力以赴做好预留床位及负压病房准备、门诊预检分诊和发热门诊以及应急药品物资储备等后勤保障工作。接到前往中卫市的紧急通知后，程瑞霞全程参与了该患者的转运工作。

当天凌晨，在将患者送往自治区第四人民医院的路上，5时40分，该院呼吸科医生杨旭雯也接到电话通知："有1名中卫的患者将入住我院负压病房，这是我院接收的第一例新冠肺炎疑似患者，今天你是接诊医生，早上7时前要进入病房做好接诊准备。"杨旭雯来不及与家人道别，匆匆赶到医院。与她第一批进入负压病房的，还有护士长李英、杨波。7时40分，负压救护车载着患者开进医院大门。自此，这些在宁夏抗疫最前线的白衣战士开始与死神赛跑。

获悉医院收治新冠肺炎病例的消息后，自治区第四人民医院的医护人员主动请缨，返回医院参与一线救治工作。

"我把车票退了，请战参加救治。"1月24日，原本计划回甘肃老家过年的综合外科医生郭金凤，毫不犹豫地退掉车票返回了医院。放射科主任周攀要求第一个承担患者X射线的投照工作。综合内科党支部的27名医护人员集体向院党委提交《请愿书》，要求到抗疫一线。

"我们是宁夏的传染病专科医院，有一定的经验，这个时刻，我们必须迎战而上！""若有战，召必回，战必胜！""我们一定坚守岗位，无畏艰险，全力以赴！"

他们在抗疫前线用生命守护生命

疫情发生后，自治区第四人民医院护理部副主任顾春娥负责院感防控工作，对所有医护人员进行穿脱防护服培训。然而，她第一次踏进隔离病区时，突然感到不自信：眼罩的松紧合适吗？口罩密合得好不好？防护服包裹得严不严密……

很快，顾春娥忘记了恐惧，开始紧张忙碌的工作：进入病房要详细查看每名患者的护理工作，要核对每个班次的工作流程、病区里各功能区的布局规划和消毒隔离措施执行情况，要检查隔离病区垃圾处置情况以及工作人员穿脱防护服是否规范，还要制定隔离病区的各种指示牌、标签，让急救设备和污染物各自都有固定“住所”……一个班次下来，七八个小时过去了。有时候刚刚走出隔离病区，消毒、清洗完毕，听说患者病危，需要插管、拔管等紧急抢救，她二话不说再次穿戴好防护装备走进隔离病区。

“在隔离病区工作的这段日子，我已经不记得当天是星期几，甚至不知道是几月几号，但我们记得哪一天几号床患者的血氧饱和度升到了93%，几号床患者的复查胸部CT较之前病灶有吸收，几号床患者的饭量比前两天增大了。每天，大家在生活隔离区交流患者的病情，为患者病情的好转感到高兴。”杨旭雯说。杨旭雯有9年高血压病史，每次在隔离病区交接班，总有同事关切地问她：“杨姐，你的情况怎么样？降压药吃了没？”面对同事的关心，杨旭雯总是说：“没事，我很好。”

1月31日，进隔离病区2天的护士李亚亚突然感冒了。护士长要求她撤离隔离病区，她却觉得难过：大家都在疫情一线奋战，我才工作了两天，我不能临阵当“逃兵”。她一边吃感冒药康复，一边向院领导请示继续留下来上班。2月4日，感冒痊愈的李亚亚再次请求进入隔离病区临床一线，她说：“我对隔离病区的工作流程已经非常熟悉，希望在这个特殊时刻，我能为抗击疫情贡献一份力量。”

再递《请愿书》，他们说“疫情不退我们不退”

2月12日晚，自治区第四人民医院呼吸一科副主任邱蕾等9名医生，护士长杨波等29名护士集体递交《请愿书》，申请重返“战场”。

作为第一批进驻自治区第四人民医院隔离病区救治一线的医护人员，他们已经辛苦奋战14天，按照要求，2月3日他们撤出了隔离病区，经过14天集中隔离后，可以跟家人团聚。谁知，听说医院一线救护力量紧张，他们又递交了《请愿书》。

“没有人比我们更熟悉隔离病区的工作流程，我们进去，能更快速地开展工作。”邱蕾告诉记者，大家请战心切，匆匆在《请愿书》上签名后，才发现集中隔离的地方没有印泥，就把一位女同事的口红涂在手指上，按下了一个个红手印。

半个月后，这一幕又在自治区第四人民医院上演。第二批、第三批医护人员从隔离病区撤出后，相继递交《请愿书》。自治区第四人民医院呼吸一科、呼吸二科、呼吸三科、门诊等科室的42人先后两次进隔离病区、11人三次进隔离病区。他们说：“这里需要我们，疫情不退，我们不退。”

疫情防控期间，自治区第四人民医院共收治新冠肺炎确诊病例75例、疑似病例20例，筛查发热患者192人，完成核酸检测269份。

全院320余名职工全部在抗疫一线工作，其中62名医护人员参加隔离病区的一线救治工作，平均每人在隔离病区工作70至80个小时。

他们又奔赴“第二战场”

2月下旬，宁夏各级医疗机构逐渐恢复门诊工作。作为承担全区结核病诊疗工作的重要医疗机构，自治区第四人民医院也逐步恢复了结核门诊工作。

为避免可能存在的交叉感染风险，按照自治区卫生健康委统一部署，医院将结核门诊工作调整至贺兰县人民医院。3月初，结核门诊工作调整至贺兰县人民医院。

“结核患者的抗结核治疗必须保证规范性和连续性，才能减少疾病传播，避免患者因不规范服药产生耐药风险。所以，我们不能仅仅搬迁门诊，人员也必须同步跟上。”自治区第四人民医院呼吸二科主任张新会说。

于是，从自治区第四人民医院新冠肺炎疫情救治一线撤出的医护人员还没来得及和家人团聚，14天隔离观察期刚过，又“移师”贺兰县人民医院，与这里的医护人员并肩作战。

得知自治区第四人民医院结核门诊搬迁的消息后，结核病患者赶到了贺兰县人民医院。看到结核门诊医生熟悉的面孔，患者脸上绽开了笑容：“想不到能在这里遇到你们，我以为这段时间不开诊了。”

“哪里需要我们，哪里就是阵地。新冠肺炎和结核病，都是我们的敌人，一个都不能放过！”自治区第四人民医院的医护人员说。

目前，自治区第四人民医院收治的新冠肺炎确诊病例、疑似病例全部清零，但是抗疫仍在进行，他们仍在坚守。

今天，让我们的文字起立，向白衣战士致敬，让我们铭记他们在过去的50多个日夜的战斗。

（原载2020年3月17日《宁夏日报》5版　尚陵彬）

烛照未来

给我们方向的，谓之光。

给我们力量的，谓之光。

给我们希望的，谓之光。

庚子记忆，注定让人毕生难忘；那个春天，有情有义有故事。

2020年伊始，面对突如其来的疫情，14亿中国人民在以习近平同志为核心的党中央坚强领导下，众志成城、团结一心，“天使白”“橄榄绿”“守护蓝”“志愿红”迅速集结，广大人民群众或向险而行，或默默坚守，构筑起疫情防控的坚固防线，在最短的时间内有效遏制了疫情扩散，取得了疫情阻击战的胜利。在与病魔战斗的日子里，有太多的人、太多的事、太多的情，值得我们珍惜，值得我们铭记。

在近日举办的全国抗击新冠肺炎疫情表彰大会上，习近平总书记就抗疫精神进行了深刻阐述。他说，在这场同严重疫情的殊死较量中，中国人民和中华民族以敢于斗争、敢于胜利的大无畏气概，铸就了生命至上、举国同心、舍生忘死、尊重科学、命运与共的伟大抗疫精神。

历史不会忘记，无数我们不知道名字、看得见背影的人，有一分热，发一分光，不计报酬，无问生死。

历史不会忘记，那一个个逆风出列、负重前行的身影，让我们重新定义“英雄”，让我们得享现世安稳，岁月静好。

历史不会忘记，正是这一道道烛光，给我们以灯塔般的方向、永不言弃的希望和源源不断的力量。

爱人利物之谓仁，疫情无情人有情。万物复苏，病魔却步。杨柳吐新，战士荣归。英雄们事了拂衣去，深藏功与名，但是我们不应该忘记。

岁月久长，唯有镌刻在心底的记忆，能让它们永远鲜活。如果说书写可以留存记忆，那么就让我们通过文字表达心意。在字里行间，重回现场，与那些彻夜无眠与泪流满面再度相逢。

铭记历史，烛照未来。《山河挚爱——2020宁夏抗疫纪实·新闻纪实作品》（卷一、卷二）的辑录出版，即为此意。本书收录了中央、宁夏回族自治区及地市新闻媒体100多篇抗疫报道，力争全景式呈现庚子之春宁夏抗疫的精彩答卷。

——始终把人民群众生命安全和身体健康放在首位，是这份答卷上的赤子之心。

不忘初心，方得始终。自治区党委、政府坚决贯彻落实习近平总书记关于疫情防控重要指示精神，运筹帷幄，科学决策，带领全区各级党组织和广大党员干部坚定信心、冲锋在前，奋力投身疫情防控阻击战，牢牢守护690多万宁夏儿女的生命安全，谱写出一部荡气回肠的华彩乐章。

——白衣执甲，舍生忘死。千里驰援、同呼吸共命运，是这份答卷上的同舟共济。

在驰援荆楚大地的生命大救援中，宁夏积极响应国家号召，第一时间组建医疗队千里驰援。2020年1月28日至3月25日，宁夏先后派出6批785名白衣战士奔赴湖北抗疫最前线，与时间赛跑、与病魔抗争，与湖北人民同呼吸、共命运，舍生忘死援前线，春风换得江城暖。

——五市联防联控，万众一心战疫情，是这份答卷上的众志成城。

庚子之春，遍地英雄。从重症病房到城乡社区，从工厂车间到科研院所……一名名医护人员逆行火线，一个个共产党员挺身而出，一座座战斗堡垒巍然矗立，一面面党旗高高飘扬……公安民警、基层干部、社区工作者、新闻工作者、志愿者，大家拧成一股绳，在宁夏大地上同舟共济，挡病毒于城外，守安宁于一方。

——确诊病例零死亡，治愈率100%，是这份答卷上的春光染绿。

2020年1月22日，宁夏首例输入性新冠肺炎确诊病例被国家卫健委确认。经过艰苦卓绝的努力，3月16日16时，在宁夏诊疗专家组全体成员护送下，宁夏最后2例新冠肺炎确诊患者走出自治区第四人民医院隔离病区。至此，宁夏实现“四个零”目标：确诊病例清零、密切接触者清零、医务人员零感染、确诊病例零死亡。在这场没有硝烟的战斗中，宁夏累计报告确诊病例75例，治愈率达100%。这是全区上下团结一心取得的重大成果，是宁夏抗击疫情精彩答卷上荡气回肠的篇章。

这场没有硝烟的战斗，是物质的角力，更是精神的对垒。大爱无疆，血与泪，不会白流。看，河开了，草绿了，在春天，我们等来“春天”。

庚子之春，有一件“战袍”是“白色”的，有一种“英雄”是“逆行”的，更多的英雄是默默无闻的。

我们，不会忘记他们曾怎样战斗过。我们，不会忘记每一名“战士”的身影。

书写是为了铭记，为了致敬，为了更好地前行。

让我们的心灵铭记这段抗击疫情的岁月。让我们的文字起立，向抗疫英雄深深地致敬。

铭记历史，致敬英雄，向新时代奋然前行！

宁夏日报报业集团党委书记　社长　总编辑　周庆华

2020年11月13日